新潮新書

小沢昭一

OZAWA Shoichi

川柳うきよ鏡

JN227346

065

新潮社

本文カット　矢吹申彦

選者　前口上

私、実は、あまり川柳を詠《よ》んだことがございません。俳句のほうは三十年を越えて仲間と句会を楽しんでおりますが、川柳にはまだ手がのびません。

もっとも、俳句も川柳も、同じ親の血を引く兄弟なんでして、コトバは両方とも基本的に五・七・五。俳句が季語を重視しているのに対して、川柳は季節よりなにより専ら滑稽、諷刺に力点を置いております。

でも、俳句に近い川柳もあれば、川柳に近い俳句もありまして、私の俳句なんぞは、しばしば川柳寄りなんです。昨夕も俳句会があり「寒」という題が出て、

寒中のロケ監督以外不気嫌

なんて句を提出しておりました。

私の父は町の写真館主でしたが、川柳に親しみ、近隣の商店主などと川柳の会を蕎麦屋の二階で開き、会誌も出して入れこんでおりました。ですから子供の時、川柳に関する書物も身近にあって、あれは雑誌の付録だったのでしょうか、一句一句絵入りの川柳本を開いては、

役人の子はにぎにぎをよく覚え

居候三杯目にはそっと出し

江戸っ子の生まれぞこない金を溜め

本降りになって出てゆく雨宿り

なんていう有名な句を覚えてしまいましたし、また、

鉛筆をなめなめ土方何か書き
仏様などと葬儀屋なれたもの

には、いたく感心して、

とっさんは留守かか様が来なさいと
居ずまいの悪い内儀で売れる店
そこ掻《か》いてとはいやらしい夫婦仲

ときたら、もうウフフ、ドキドキで、おもしろがっておりました。ハイ、ませた子だったんですよ。

ついでに申しあげれば、私は俳名を「変哲《へんてつ》」と称しておりますが、これは父の川柳名

選者　前口上

の「変哲」をそのまま継いでおります。「二代目変哲」……と威張る程のことでもありませんが。

それに私は、幼少時から落語が好きで、ラジオで聴くのはもちろん、近所に寄席がありましたので、しょっちゅうもぐり込んでおりました。

落語のまくらには、よく川柳が出てくるのでありまして、富籤《とみくじ》の出てくる噺では、

一の富どっかの者が取りは取り

正月がらみの噺では、

元日や今年もあるぞ大晦日

まだまだいろいろ、秀句がちりばめられてあり、耳になじんだものです。

ところで十年ほど前に、『小説新潮』誌より川柳欄の選者を、とのご指名がありまして、川柳の愛好家であっても、専門家ではない私としては、少々とまどったのでありま

した。

とまどいながらも、でも、やってみたかったんでしょうかな。

例えば相撲や野球の解説者は、元力士、元選手で、現役時代の経験をもとに論説するのですが、私どもの稼業の芝居では、俳優出身の演劇評論家は一人もおりません。演技の技術的、専門的な批評など、これは演技者としての経験からいろいろ具体的に指摘出来ると思うのですが、どうも役者出身の批評家は必要ないらしいのです。いえ、私、批評家になりたいわけではないのですが、ひごろそんなことを考えたりもしていたものですから、選者のご依頼を頂いた時に、ああ、川柳作者としての経験がなくても、川柳の批評をしてもよろしいのかなと、結局はやってみたい下心で選者をお引きうけ致しました。まあ、批評というより鑑賞、もっといえば投稿者と一緒に楽しもうということでしょうが。

でも、〝人生の達人〟諸氏の投稿と対峙するには、こちらも世事百般の事象に目配りしていなければなりません。投句者に負けずにベンキョウすることとなったのであります。

ところで、江戸時代の世態人情のディテールは、歴史の本などからはなかなか汲みとりにくいのですが、江戸の古川柳に目を通すと、極めて具体的に、庶民の暮らし、心情、とりわけ飾らない本音をうかがい知ることが出来ます。

この平成の世にも、人々の、赤裸々な心の発露、そしてウップンばらしまで、いわゆる〝声なき声〟的な川柳が積み重なれば、それはきっと、古川柳の集積と同じように、ブッチャケタ平成庶民史となるのではないでしょうか。これは私のささやかな期待ですが、そんなことも含めて、本書をお楽しみいただければ、と願ってもおります。

ま、それより何より、笑って下さればありがたいのですネ。この川柳集は、毎月、山の様に頂戴した投句のなかの、私めが笑った厳選三句ずつ（一席、二席、三席の順）です。みんなオカシイ。川柳は、微苦笑、哄笑から艶笑まで、なにはともあれ、笑いの文芸ですから。

なお、本書に集められた川柳の、背景となっていますます事件、出来事、流行、風俗などを、各年ごとにその解説を編集部が付けてくれました。まァ当節、世の中の回転のめまぐるしいこと。過ぎ去ったことがどんどん忘却の彼方です。だって、あれだけサワイダ「たまごっち」だって、もうみんな忘れているんじゃありません？

ところで、現在も、『小説新潮』誌上、川柳欄は「川柳うきよ大学」として続いており、相変らず選者として楽しませてもらっております。そちらもどうぞご愛読の程を。

平成十六年吉日　小沢昭一敬白

選者　前口上

〈注〉本文中、「一月」「二月」などの月表示は、初出掲載誌『小説新潮』の月号表示であるため、事件、出来事の起きた実際の月とはずれている場合があります。

川柳うきよ鏡／目次

平成六（一九九四）年

［一月］

ワープロは打てると人に言いたがり　（静岡市・繁原幸子）

パソコンやワープロへの関心の具合で、〝オジン度〟がわかるなんていわれて「俺のアタマはまだ若いぞ」とワープロに手を出したオジンは、チラッチラッとワープロしてるのをひけらかす。そこが又オジン。川柳はしばしば流行を笑うようです。

砂漠に日が落ちて夜となる頃ドカーン　（東京都・金田余心）

昭和三年に流行した『アラビヤの唄』――〽砂漠に日は落ちて……をご存知ない若い方には湾岸戦争のドカーンのことだとはわかりませんね。金田さんの応募句には、「江戸ッ子は百まで生きちゃ恥ずかしい」なんていう小気味のいい句もありました。

立ち読みを許さぬ本屋売れもせず　（北九州市・千々和三郎）

客のいない書店ほど立ち読みは目立ってしまいますし、お店の人だってイラ立ちますよ。まあ、立ち読みを許さぬ本屋さんで売れているお店だってありましょうが、しかし、川柳は、毒があった方がおもしろいじゃないですか。カンベンして下さい。

［二月］

戦友と株の講演聴く平和　（盛岡市・気田健二）

「戦友」世代も、今やごく少数派。いつまでも皆さんお元気で、株で損なさいませんように。平和という言葉も、時代の流れのなかで値打ちが変ります。近頃はダラケタ平和を叱る声もありますが、でも、まあ、何はともあれ平和が一番でしょう。

死ぬときに欲しがるものはただの水　（宇都宮市・黒田誠介）

「人間、生きておると、あれも欲しい、これもしたい。慾に限りはないのじゃが、けれどもな、〽死ぬときにィ、欲しがるものはァ、ただの水ゥー……」なんて、お坊さまのお説教のまくらにも、この句は使えますなァ、音吐朗々と唱えあげてね。

一人っ子きょうもコーヒーまでの恋　（福井市・川下　明）

「ウッソォー、一人っ子?!　それって溺愛のおっかぁがついてるから、ヤァダァー」女のコたちから、一人っ子の男子は、もう第一次予選ではずされるのです。そういうことだけシッカリしてるの、きょう日の娘は。また溺愛おっかぁもふえました。

［三月］

本心を聞いてみたさのお茶を注《つ》ぎ　（熊本市・金栗片詩）

この句の「お茶」を「酒」に代えたら、小唄の文句にでもなりますな。でもそうなると、どうしても夜の風景。「お茶」とあるので、職場の片すみか、商談の場か、家庭内か……と句の世界が広がるようです。川柳は人の心の綾をとらえるのですね。

あれ位言って死にたい時代劇　（東京都・黒田真理子）

そうなんですよね。時代劇では、よく斬られてから息もたえだえに延々と何か喋り、言い終ってコロリです。でも「死ぬ時に長々しゃべる時代劇」では単なる説明でおもしろくない。「あれ位言って死にたい」で、作者の人生もほの見えました。

あるだけの靴玄関にひとり者　（函館市・沢井久泰）

ひとり者の住居《すまい》は狭いですから、玄関によそゆきの靴も、かかとのつぶれたのも、あるだけの靴が並びます。ぬぎ捨てられた靴はその人の影を宿していますが、日常生活のなかの些細な風景をとらえて、人生の哀歓を感じさせてくれるのも川柳ですなァ。

〔四月〕

「ついて来い」言った亭主がついて来る　（静岡市・繁原幸子）

「ついて来い」の言葉にウソはなかったのですが、どういうわけか、いつのまにかお母ァちゃんの力が絶大になっていてね、お父ちゃんとしてはそれにぴったりついていく方が楽だと悟るのですよ。これすなわちヌレオチバ。いやがられてますなァ。

鼠径部《そけいぶ》をどんな鼠が渡るやら　（東京都・金田余心）

人体の各部の名称は、誰れが最初に命名したのか、「会陰《えいん》部」とか「恥丘《ちきゅう》」とか、ヤーデスねえ。「鼠径部」も実におもしろいネーミング。そう、ネズミがもぐってきて通るのですよ、チョロチョロ。ネズミにはまた、あの辺の道がこたえられないの。

飛行機が恐い整備兵だった俺　（函館市・沢井久泰）

私も飛行機のおせわになりますが、こういわれちゃコワイ。まァ「整備兵」の頃よりは進歩してましょうが、どだい、あんなデカイものが飛ぶこと自体フシギだと私なんぞは思うのです。それを飛行機いじっていた人にコワイといわれたんじゃァ……。

〔五月〕

人を騙したその夜は孫と寝る　（大阪市・遠藤正敏）

ま、気に病むほどのダマシでもなかったと思うし、これも世渡りのため仕方なくやったことだけれど、やはり良心がとがめるのか、割り切れないモヤモヤです。でも孫の寝顔で少しは救われますかな。たったの十七文字が一篇の小説のようです。

徳のある坊さん経は短くし　（浦和市・金子勝太郎）

長いお経はツライものです。でもお寺さんもやるだけのことはやらなきゃ供養にならない。手抜きじゃお布施もとりにくい。そこをドッと短くあげてくれたお坊さまへ「徳」があると申しあげたのがオカシイ。お坊さまも短いお経は「得」がありますか。

離れても寄っても叱る老夫婦　（福井市・川下　明）

ちかごろ町で老夫婦が目立ちます。「おい俺のそばについて歩け」と爺《ぢぢ》が婆《ばば》を叱ったかと思うと「おい歩きにくい、もっと離れろ」とおこる。爺が婆をただ叱って一日を過ごす老夫婦、いるんじゃないですか？　エッ、婆が爺を叱ってる方が多いの？

［六月］

親に似ていくらか親子とも不満　（宇都宮市・黒田誠介）

わが親わが子でも、他人から親子そっくりといわれると、「あんな風じゃないよ」と親も子もちょいとお気に召しません。親子の間でも差をつけたいのですな。しかし、わるいけど、この親子、身体つきも性格もうり二つ。そしてブスのところも。

客帰り関白の座に戻る妻　（福井市・川下　明）

「客の前だけは亭主として立ててやったんだから、さ、ぼやぼやしてないで、台所の後片づけ、それからいつものとおりお風呂の掃除、洗濯……やることどんどんやってよ。オチバならまだ燃えもするけど、ヌレオチバじゃ焚火も出来ないんだから……」

娘のとこ《こ》へお米持参で三泊す　（久喜市・野口加津子）

あの戦中戦後の米不足の時は、どこへ泊るにも米持参がジョーシキでした。ご年配の作者としては、今度の米騒ぎでそれを思い出したのか。それとも娘が「国産米持ってこなくちゃダメよ」と、お米目当てで親を呼んだか。孫見たさ米を土産に三泊す。

［七月］

世の中に何でも知ってる馬鹿がいる　（町田市・竹内宗助）

よくテレビのクイズ番組などに、あきれ返るほどの物識《し》りが出てきます。あまりの豊富な知識に誉《ほ》め言葉もなく「こいつバカじゃないか」なんて、つい言ってしまうのですが、でも、物識りで、物識りだけの人っていうのも、いるにはいるんですよね。

床《とこ》上手料理上手で持て余し　（北九州市・原　正昭）

女性パワーは今や絶大。オクサンは情報量が豊富だし行動力はあるし、お父さんタジタジです。しかも例の〝昼は貞女夜は娼婦〟ってやつで、申し分なしといいたいけれどこれがもうシンドイ。過ぎたるは及ばざるがごとし。タスケテーッ！

素朴さも一皮剝《む》けばただの野暮　（山口県・川端健一）

川柳は、世間でよしとされていることを、裏から突く。多数派、常識派に付かないところが真骨頂で、素朴礼讃の声が高いと、ひっくり返したくなります。たしかに、洗練、粋《いき》、あかぬけ、さらにいえばシャイ、含羞《がんしゅう》なんて、今は劣勢ですなァ。

［八月］

左丹《さたん》なら戸籍係りは気がつかず　（東京都・金田余心）

作者の金田さんはおん年八十二歳とか。毎回秀作を送って下さる。今回も別に「夏はきぬ秋は木綿で冬ウール」なんていうナンセンス句もありました。お若いですなァ。あやかりたいものです。悪魔サタンからもよろしくと申しつかりました。

弟が先に覚えた兄の九九　（静岡市・繁原幸子）

弟の方がアタマが切れるという場合が多いようで「総領の甚六」という言葉、また「総領は尺八を吹く面《つら》にでき」という古い川柳もあります。ヌケテルのも人間味があっていいんですが、近頃の少子化傾向（一・四六人）じゃ人間味ばかり増えますすかな。

小沢さんあんたとだけは寝たくない　（河内長野市・北阪英二）

「どの女と寝ようと……云々」と言ったとか言わないとか。小沢と名のつく人はみんな下品なんでしょうかな。戦争しなきゃならない「普通の国」は断乎ごめんこうむりたいのですが、同姓のよしみで、選者はいちどあのかたと寝てみたい。いえ、冗談。

［九月］

体調を良くしてからのドック入り　（千葉県・麻生　弘）

検査の結果を良くしたいですからネ。わかりますこの気持。選者は以前、人間ドックに入りまして、どこも異常なしで勇躍退院しましたら、その晩からドッと病いの床につき、間もなく入院しました。故に、右のご趣旨に賛成です、ハハハハ。

離村した我が家のごみで資料館　（岐阜市・金子鋭人）

急激な社会生活の変化で、かつての生活必需品が今や「ごみ」。しかし「ごみ」とは言いすぎなんですが、川柳ではしばしば毒舌が冴えます。ところで政治情勢の変化も急激。政治家資料館をつくって「ごみ」を収納するといいんですが……ホホホホ。

立ち退きは人柄順に市計画　（松江市・山本明参）

立退き反対の側にしてみれば、立退くのは体制順応型の人柄順、弱腰順、立退き金ほしさ順、あるいは裏切り順なんていいたいところでしょうが、計画推進の市当局からすれば、人柄の良い順です。でもそれは、だまし易い順かな、へへへへ。

［十月］

眉つばも眉長すぎてつば足りず　（東京都・太田昌幸）

自民党相手、官僚相手で、眉毛のオジサンはまるめこまれないように、大いに眉にツバつけて立向って下さい。といいたいけどあの眉毛じゃ、ツバが、ちょっとやそっとじゃつけきれない。年をとると唾液も少なくなりますしね。鼻みずで補う？

年金が花火に消えて孫帰る　（福井市・川下　明）

夏休みにやってきた孫を喜ばせようと、オジイサンはなけなしの年金から、花火を買ってきたのに「なぁんだ、これだけ、もっと買ってよォ」と、孫はさして有難がりもせず、つれなくも帰っていきました。オジイサン可哀そう。鼻水すすってる。

芸人は隠れて住むが色っぽい　（東京都・金田余心）

テレビ時代の芸人・タレントは隠れようもなく、プライバシーも含めての営業。親近感なるものと引きかえに失ったものは色っぽさです。正体むき出しでは芸人の色っぽさは出やしません。「秘すれば花」なんです。〝啜《すす》れば鼻水〟じゃありません。

［十一月］

地球より俺にやさしくしておくれ　（横浜市・竹内卓二）

「地球にやさしい」という言葉を最初に使った人はエライけれども、やたら安手に使われて、そういう言い方だけが流行ってきたりすると、川柳子は一丁カマシたくなるんですね。「子宮にやさしいナントカ」なんて下品に言ってみたくもなりますなァ。

言い逃がれ出来た夫が風呂で歌　（仙台市・高沢照夫）

奥方のキビシイ追及を、お父さんは懸命の言逃れで何とかかわすことが出来ました。風呂へ入るとご機嫌で歌も出てきます。いや、追及に動揺していない風を装って、わざと平静に、歌などうたってみせてるのかもしれません。でも奥方は先刻お見通し。

毛糸玉のようなサインを嬉しがり　（千葉県・麻生　弘）

マジックでモジャモジャと、名前らしきものを書いたタレントの色紙をよく見かけます。某有名人は、ただ、紙の上をマジックの先でグジャグジャかき廻すようにして、まさに毛糸玉を書いて渡しました。広告のチラシを裏返しに出された時でしたが。

［十二月］

神童をただの人へと塾にやり　（中間市・宮地貞二郎）

十で神童、十五で才子、二十《はたち》すぎればただの人。塾へ行ってもただの人。塾へ行くからただの人？　どうせただなら神童のままで、いるには一体どうすりゃいいの。サッカーばっかりやらせるか。これで神童アタリマエ！　これがほんとの「アル神童《シンド》」。

ささやかな仕合わせとんびの子はとんび　（加賀市・源　敏子）

とんびの子はとんびでいいのです。とんびでどこがいけないの。あんなドウモウな鷹になんぞなってくれるな。とんびにはとんびの生甲斐、夕焼空にクルリと輪をかく幸せ。「幸せはささやかなるが極上」――これは変哲という人の言葉です。

生産国コンビニ加工国はチン　（東京都・岡田話史）

いまや食い物はコンビニで一人前買って、チンして、けっこうおいしく食べられます。ついでにスケベ本も買ってきて、ゆっくり伸び伸び〝チン〟して寝ればグッスリよ。「小人《しょうじん》コンビニして不善をなす」だ、ハハハ。でも、サビシィーッ！

・湾岸戦争

平成二（一九九〇）年、イラクがクウェート侵攻。国連安保理の撤退要求に応じないイラクに対し、平成三年米軍を主力とする多国籍軍が攻撃開始。二月末に停戦成立。

・米騒動

前年（平成五年）の戦後最悪の凶作で、国産米が不足。二月半ばころから「騒動」に。タイ米などの輸入米の評判がわるいこともその騒動に拍車をかけた。

世界・ニッポン

平成六（1994）年

・悪魔ちゃん事件

前年、市役所の戸籍課に「悪魔」という名前の出生届が出され、市役所の判断で変更を求めたという事件。

・「どの女と寝ようと」小沢一郎発言

この年四月二十五日に、新生、日本新、民社などの連立与党が、やはり与党のうちの社会党を差し置いて、統一会派「改新」を結成。社会党が反発、離脱したことに対して、新生党の小沢一郎が記者に喋ったとされる発言。

・村山富市首相と長い眉毛

この年六月三十日、自社さきがけ連立政権が誕生。社会党の村山富市が首班に。村山氏の眉毛は、白く長く、童話に出てくるおじいさんの眉のようだったので、紙面でからかわれることが多かった。

・サッカー選手アルシンド

ブラジル出身。前年のＪリーグ元年、鹿島アントラーズでプレイ。ジーコ、サントスなどとともにアントラーズの快進撃の立役者。頭髪の薄いアルシンドは、カツラのＣＭに出演、「トモダチナラアタリマエ」というセリフがうけた。

平成七（一九九五）年

［一月］

戦争をやめさせるため戦争し　（中間市・宮地貞二郎）

戦争をやる時は必ずリクツがつくようで、「戦争をやめさせるため」ってのもそうですが、あの戦争の時もみんなで歌いました。「〽東洋平和のためならば、なんの命が惜しかろう」って。それはそうと私どもは「不惜身命《ふしゃくしんみょう》」には懲《こ》りてるのですが……。

耳そうじゆっくりさせないわるい指　（伊丹市・河南昌利）

お膝を枕に耳そうじをしていただくのは極楽ですが、そうじしてもらっている耳でないほうの耳のすぐそばに、もっと極楽があるようで、ついオイタをしたくなる。「ウン、わるい指！　メッ！」なんて……言われてみたいなァ。バーカ。

天衣《てんい》無縫《むほう》だなんて軽蔑されている　（八代市・金森　晋）

無邪気で飾り気がなく天真ランマンな人柄を天衣無縫というのでしょうが、往々にしてお父さんは、アホ、パー、ボケの代わりにそう言われる場合があるのです。お気をつけ下さい。「お若いですねェ」も、若かった時には絶対言われませんでした。

［二月］

申告を済ませてうどん二杯食う　（福井市・川下　明）

税金の申告にいく時の、あの何だか得体の知れない恐怖感。少々のインチキ、節税のしすぎ、いや、そうする勇気もない正直申告でも何だかコワーイのよ。なぜ？　だから終えればホッとします。食欲ももどります。税金は身体にワルイなァ。

葬儀屋と僧侶じっくり待っている　（東京都・岡田話史）

長寿社会でも人は必ずオダブツとなります。だからあわてることはない。もともとあまり宣伝したり客引きしたりするわけにもいきませんし、じっくり待つしかない。ということは、みんなじっくり待たれているわけで……「じっくり」が効いています。

男はん困らすのには産が効く　（伊勢市・曽原英子）

妻の「産」とちがって、別口に「産」といわれたらガーンという衝撃。男はんはオロオロうろたえます。談合ももつれます。「産」ほどコワイものはない。だからオドカスにもユスルにも「産、産、産、産が効くサンポール」。男はんのポールは罪つくり。

［三月］

天災は忘れぬうちにやって来る　（静岡市・繁原幸子）

まず阪神大震災で亡くなられた方のご冥福を祈り、被災者の方へお見舞申上げます。右の、三文字だけ代えた切れ味鋭いモジリ句、どこかで聞いた様な気もしますが、投句の日附が一月九日なので、ノストラダムス句としてこの際頂戴いたしました。

年金で細ぼそ暮らす鶴と亀　（前橋市・鎌田洲見雄）

鶴太郎爺とカメ婆がささえあって細々と生きる長寿社会。鶴は千年亀は万年。しかし長生きばかりがいいのかどうか。なるほど「寝たきりも入れて今年も長寿国」（中村篁）なんですが、しかし元気で長生き出来れば、鶴さん亀さん、まずはおめでたい。

読み切れぬ大江を彼奴《きやつ》に貸してやり　（福井市・中　伸之介）

ノーベル賞につられて買ってみたけど「読み切れぬ」のネ。新潮文庫『小沢昭一的こころ』の方がオモロイわ。そうだ、宮坂が小沢の本はスケベなだけでクダラナイって言ってたな。大江本はあいつに貸してやろう。おもしろかったっていうだろ、へへ。

〔四月〕

大震災ここでいったんコマーシャル　（札幌市・高橋成雄）

このたびはめんぼくないと阿弥陀仏　（東京都・金田余心）

くれる物もらって票は別な人　（札幌市・佐藤清弘）

当欄で再び関西の被災者の方々にお見舞申しあげますが、投句のなかには「うちへ来いと云わない震災見舞です」（久保田リュウ）なんて痛烈なのもありました（川柳としてはもう一息）。今月は関西の大震災をよんだ句が圧倒的です。川柳は世の中の動静に敏感に反応してウガツのも一つの特徴ですが、新聞論調の見出しのようなもの、観念的でコナレテいないもの、誰れかも発想しているアリキタリのものよりは、新鮮で、独得で、しかも具体的にとらえたものが、グッときます。「作業服汚さず帰る政治家等」（金子勝太郎）もいい所を突いていますが、川柳らしいオモシロ味が薄い。ムズカシイですな。それはともかく、事あるにつけて思うのは、政治家さんに欠けている先見性と実行力です。イイ人を選ばなくっちゃ。と、私の感想もアリキタリか。

［五月］

町名をくわえ煙草で替えられる　（松江市・山本明参）

選者はかつて東京の旧蒲田区内に住んでいました。隣は大森区で、これがその後合併されて今の大田区になりました。「大森＋《プラス》蒲田」で「大田」は何の意味もないコトバ。実に無能なるネーミングです。住んでる人間の心を無視してます。スバカめ！

老眼で押し出し四球針と糸　（高松市・山本双陽）

「押し出し四球《フオアボール》」ってのがうまい表現。押し出しってことは、4×4で16回やっても針のメドに糸のストライクは入らなかったわけですか。もう夜店かなんかで、例の針の糸通しを買ってこなくちゃダメねぇ。お互い年はとりたくない、ほんと。

知ったふり知らぬふりする聞き上手　（中間市・宮地貞二郎）

「へえ、そうなの。このごろ〈セルフＰ〉とかいうんだって？　だけどもう当り前のことでしょ？『ジョアンナの愛し方Ⅱ』っての読んだ？　あ、早ァい。あれ参考になる？　へぇなんて驚いた方法あった？　どういうの？　やってみた？……」

［六月］

化学の点取れぬ息子をほめてやる　（東京都・田付賢一）

「ウン？　化学のテストがゼンメツ？　かまわん。よし、よし。化学なんか出来ると第七サティアン。何をしでかすかわからんよ、まったく。パパも化学はにがてだった。Ｈっていうのは水素だろ。パパの知ってるのはＨだけだ、ハハハハ」

家庭不和少年Aが出来上がる　（奈良県・井藤　清）

これが「家庭不和不良少年出来上がる」とか「家庭不和新聞沙汰の子が育ち」とかではオモシロくも何ともない。「少年A」でヒネリも効いて句が生きてきました。そういうコトバを拾える目も必要なんですね。「この一句少年Aで出来上がる」

多機能種使える機能二つ三つ　（東京都・米沢　保）

「お前から借りたカセットテープレコーダー、こわれてるぞ」「そんなことないよ。アッ、パパ、ここ押したね。これじゃ動かないよ」「フーム、この頃の機械はわけわかんねぇな、段々不便になりやがる」「パパのアタマも不便になってきたね」

［七月］

洗脳に過去の戦さが胸に沁む　（阿南市・島田利幸）

灯を消して日記に書けぬスケジュール　（高松市・山本花の君）

タクシーの耳学問が小うるさい　（仙台市・今野宗吾）

今月の応募句はやはりオウム一色でした。なにしろテレビもウンザリするほどオウムオウム。それにイラついて、かねてより不愉快だったワイドショーへほこ先を向けた句もありましたが、オウムへの突っこみはどうも平凡で、ウガチもヒネリももうひと息。ひょっとすると「川柳の手には負えない暗い記事」（田付賢一）なのかもしれません。そんななかで、半世紀ほど前、忠君愛国少年に洗脳されていた選者などには、オウムは妙に戦時中を想い出させるのでありまして、そこで一席が決まりました。二席は心当りのありそうなことで選者もクスグッタイ句。三席は共感する方も多分多い筈です。もっとも私はタクシーさんから恩恵をうけてもおりまして、そのことを雑誌『シンラ』8月号（新潮社）に書きましたと、ちょっとPR。

［八月］

整形か指紋削るか社会党　（横浜市・竹内卓二）

社会党も指名手配の逃走犯と同じで、ドンヅマリに追いつめられているよう。でも整形したり指紋けずったりするより、党割れしても少数党になっても、あのダサイ社会党を貫くほうが、党のためにはならなくても日本のためにはおよろしいのでは……。

終電車働き過ぎと遊び過ぎ　（高松市・山本柳州児）

先日終電で女性の酔っぱらいが大きい声でオ〇〇〇、オ〇〇〇と叫んでいました。女性進出の時代ですなァ。またいつかの終電では酔漢が「アッ小沢だ、このごろテレビに出てない、オチメだ、電車に乗ってる」って。私、昔から電車大好きなんですが。

閑居して待つの老化と皮肉られ　（盛岡市・三浦たくじ）

三席選びは迷いました。佳作の、「衰えた視力がもどるヘア・ヌード」（木原廣志）と、「理工科に囲碁と川柳教える案」（金田余心）という二句と競った結果、忠臣蔵の山科《やましな》閑居と松の廊下をもじったご趣向の、この句を頂戴致しました。

［九月］

シルバーシート無ければ腹も立てず済み　（東京都・栗原栄吉）

先日シルバーシートに女子高生が三人坐っていたので「坐らせてよ」と頼んだら「シンジラレナァーイ」とほざいて、立って貰えませんでした。立腹しつつ、何かシルバー人以外は坐れない方策は、と考えて、妙案が浮かびませんでしたが……。ご提言納得。

メガネ出し俺の新聞覗いてる　（浦和市・金子勝太郎）

車内で隣の新聞にはつい目がいきます。あれ、ケチで見せまいとする人もいますね。私は若い女性の読む小説本なんかだと何を読んでるのかと興味シンシンですが、活字が小さくて読めやしません。だけどメガネ出してまで見る人がいるとは、エライ！

定年を迎える日まで行く会社　（前橋市・鎌田洲見雄）

新聞も読まずにただ目をつぶって坐っているだけの通勤お父さんは殆んど無気力のよ

うに見えます。定年を迎える感懐はとても投稿句に多いのですが、こんなに何の工夫もない句は珍らしく、いかにも無感動な毎日を表現していると、カンドウしました。

［十月］

霊柩車出る間に馬のラジオ聞く　（川崎市・正木　長）

孝行をするには親が長寿すぎ　（吹田市・そがきんや）

墓掃除そのうち掃除される人　（秋田県・成田東湖）

世の中の、陰でそっと囁かれる言葉が、結構ものごとの真実や矛盾を突いているってこと、ありますよね。でも公言するとサシサワリがあるのです。あるんですが、正直な言葉であるために、それを聞くと、溜飲が下ったり、ついほくそ笑んだり、ある時はそれで救われたりもして、実はこっちもチラッとそう思っていた、そうやりたかったんだと、ホッとするのです。

右の三句、ケシカランことを言ってるんです。不心得な発言です。しかし、川柳子は、それも正直な本心、人の世のまことの姿であると、思い切って告白したり、スッパ抜いたりするんですね。毒舌ならぬ毒句の毒は、時に、諷刺やウガチを際立たせるクスリとなるようです。

今月は、陰でそっとの、不心得句を、三句いただきました。

［十一月］

コマーシャルまだ贅沢《ぜいたく》が足らぬよう　（出雲市・渡部露幹）

「世の中、着るもの食うもの、何から何まで贅沢の限り。バチが当るぜ。バブル崩壊？当り前だ、天誅《てんちゅう》だよ。なに？　内需拡大？　この上何を買えっていうの？　もっと質素な暮らしで充分……なんだこのＣＭ、まだ贅沢しろってのか。日本はもうダメだ」

核実験やめられますか酒タバコ　（東京都・豊　英二）

「酒も煙草も身体によくないのは判ります。でも止《や》められないよ。核実験も悪いと知りつつ止められないいんだろ。でもさ、酒煙草は自業自得で自分に報いがくる。核実験は地球に末代タタルのよ。止めた方がいいね。止めて一杯やろうよ、シラクさん」

退社時にロングに戻す束ね髪　（前橋市・鎌田洲見雄）

「女のコの長い髪って好きよ。仕事する時の束ねてる襟足もいいけど、更衣室かトイレでパラッと元に戻してアフターファイブ。手の甲で髪を後ろに払ってお尻ふって出ていく。一緒にいきたいけど相手にされねぇの。でも、後ろ姿、イイ！　チクショウ」

［十二月］

脳にするピアスそのうち流行りそう　（原町市・佐藤隆貴）

身体髪膚《はっぷ》コレヲ父母ニ受ク、敢《あえ》テ毀傷《きしょう》セザルハ孝ノ始《はじめ》ナリ……古いね。笑われますか。耳にもヘソにも乳首にも、もっとずっと下にも穴あけてピアスキラキラ。あれもノーテンキ平成の文化勲章だ。どんどんやれ！　脳にも穴あけて小判でもぶら下げてくれ！

終電車座れないので次にする　（浦和市・金子勝太郎）

よほど疲れているのかなァ。よほど座りたい人なんですね。「次にする」ったって、終電見送ったら朝まで電車ありゃしません。そのナンセンスがおかしい。ちょっとブラックぽくもあるし。でも、ひょっとすると作者はマジなのかしら？　マジじゃ困るよ。

腕組みがごろごろと居て名は事務所　（奈良県・井藤　清）

事務所にもいろいろあるけど、選挙事務所には必ずヘンなオジンが何人か腕組みして坐ってますね。あれ、殆んど役立たずの人じゃないの。実力のない人に腕組みする人多いみたい。腕組みって一種の虚勢かなぁ、なんて考えて、私、いま腕組みしてます。

世界・ニッポン

・**不惜身命**
仏道を修得するためには、自分の身も命も惜しまないこと。前年、横綱昇進を果たした貴乃花が、「相撲道に不惜身命を貫く所存です」と挨拶した。
・**阪神大震災**
阪神淡路大震災。この年、一月十七日早朝に発生。
・**ノーベル賞作家大江健三郎**

前年、ノーベル文学賞受賞。

・オウム真理教

この年五月十六日、オウム真理教教祖麻原彰晃逮捕。続々逮捕された幹部たちに理科系の高学歴者が多く、逃走中に整形したり、指紋を削った者もいた。

・少年A

神戸市須磨区の「酒鬼薔薇聖斗《さかきばらせいと》」事件は二年後の平成九年。この時点では、起こっていない。「少年A」という言葉はすでに使われていた。

・核実験

この年、フランスのシラク大統領が九月五日に南太平洋で強行。

平成八（一九九六）年

［一月］

小便へ代理は利かずこたつ板　（奈良県・井藤　清）

年をとると何事も億劫《おっくう》で、まして炬燵《こたつ》は別名「無精穴《ぶしょうあな》」。でも、実はトイレばかりでなく、もう一つ代理のきかないことが……むしろそっちは、まだ結構マメで、ときどき、ネ。「今はただ小便だけの道具かな」なんて、ウソでしょ？　知ってますよ。

ホステスが教えてくれた本を買う　（岡山市・林　義人）

お父さんの一日は、仕事、仕事で精一杯。あとは酒飲むか、テレビで野球見るか、寝るだけ。本なんか読んだこともない。だけど女のコに『マディソン郡の橋』おもしろいわよォって言われて、今ごろ買ってみたのです。文化を失ったお父さん、カワイソ。

よくこんな預金金利があったもの　（吹田市・そがきんや）

そうよねぇ、この間までお爺さんの楽しみは、年二回、六ヶ月定期の利息で一杯やって回転ずし食べて孫の土産を買ってくることだった。それが、今やパー。金利が低くなって喜こんでいる奴は誰れだァー！　バカヤロウ!!……バタン、ご臨終です。

［二月］

これでよし妻に味方の子の育ち　（東京都・中村　篁）

子供も、女房と共同戦線を組んでオトウサンに立ち向かってくるようになれば、もう安心。女房も「オトウサンはダメなんだから……」なんて言いながら家庭も安泰。となれば、オトウサンのヒミツも、フフフ、「これでよし」……かな？　深読み？

高尾山如きに目立つ重装備　（佐倉市・浅草鐘吉）

〝アウトドア〟ブームで、キャンプや登山の、道具もいろいろ。身ごしらえもさまざま。……当今はカタチから入りますからね。でも買い揃えたら使わなきゃ。高尾山だって山は山。だけどあそこは、昔、小学校の四年生か五年生の遠足先だったのよ。

妻旅行電話も人もぴたり止む　（秋田県・成田東湖）

女性パワーの時代ですが、このところ元気なのはオバンとマゴギャル。うちのオバンの交際グループも、まぁ、なんだかんだとウルサイウルサイ。これがそっくり旅行に出ました。オトウサンほっとしてます。ほっとしたけど、ちょっとさびしいか。

［三月］

炬燵から出たらみんなが用を言い　（静岡市・繁原幸子）

うなずいてやるだけでいい母の愚痴　（北海道・藤田　輝）

傍らに映る選手の母小さし　（愛知県・斉藤秀峰）

毎度たくさんのご投句、嬉しく拝見しております。でも時事的な川柳に、どうも斬り込み鋭い句が少なくて、選者はちょっと淋しいのです。いえ、政治や社会への諷刺句もいっぱいいただくのですが、新聞、週刊誌、テレビなどでいわれている視点、言葉をなぞるようなものが多く、新鮮さがもう一つです。アリキタリでない句をぜひ頂戴したいとお待ちしております。

今月の一、二、三席は、偶然〝母もの〟が揃いました。当節は、お母さんの〝お父さん化〟が進んでいますが、しかしまだまだお母さんは、こまごまと働かされて、愚痴のひとつも言いたい毎日、立派な伜《せがれ》を育てても、そばに小さくちょこんと存在しているんですね。ホロッとしてくるような川柳もいいですなぁ。繁原さん、いつも生活のなかの機微をとらえておもしろいです。

［四月］

ままならぬ神秘へ耐える皇太子　（宇部市・ひむら　照）

「コウノトリはどうも静かな環境を好むようでして……」は、下世話にいえば「ほっといてくれよ」でしょうか。ハイ、そのとおりなんですが、おおそれながら私、ご下命あらば、その件に関してだけは、お役に立つご進講を申しあげられるのですが。

財布出す早さ本気で奢《おご》る側　（奈良県・井藤　清）

例えば「奢られるつもりモタモタ財布出す」という類いの句なら、ありそうな気もしますが、奢る側を描写したところが、ヤンヤ、ヤンヤ。今日ばかりは思い切って奢らねばならない立場の、切なくも必死の意気ごみが、ひしひしと伝わってきました。

雪の朝喜ぶ犬は見当たらず　（多治見市・山本和子）

〽雪やこんこ、の駈け廻る犬……童謡や唱歌の世界は、もう絶滅ですなぁ。

ところで、投句の中に「柄井《からい》氏の評も聞きたい愛好家」（吉田繁夫）とありましたが、川柳の由来、柄井川柳の原点も忘れず、しかし常套句は排して私も懸命に選句します。

［五月］

鍵のいる座敷の老妻《つま》の胃の強き　（宇部市・樋村天流）

定年後アリバイに苦心する二人　（東京都・渡辺茂夫）

定年後「家事手伝い」を肩書に　（東京都・米沢　保）

今回は「住専」と「定年」の句がどっさり。でも「住専」にユニークな視点少なく、「定年」はさすがに体験的、具体的でした。さる高名な学者先生が、定年退職後「フリーター」という肩書を自称してテレビに出ていましたが、三席の「家事手伝い」も肩書だけでなく、炊事洗濯など実行なされば、ボケの防止におよろしいようです。また、浮気、不倫のたぐいもボケ予防に役立つとか。しかし定年後は、密会のアリバイ作りが「二人」して大変なんだと二席の句。しかしこの「二人」は、彼女と「二人」なのか、それとも、ギョッ、奥さんも不倫してるのか?! まぁ浮気も不倫も、出来るうちがハナ。ボケてしまったら、当人も周囲も、これはなんともヒサンです。一席の句には、選者思わず居ずまいを正しました。投句者は八十九翁。

［六月］

簡単でないのはパソコンが馬鹿だから　（吹田市・そがきんや）

テレビで立花隆さんがパソコンの時代を説いている、山本晋也カントクもスケベのパソコンを薦める。では、とお父さんもちょいとやってみるんですが、そうは簡単にいきません。そんなお父さんのウップンばらしに、この一句、溜飲の下がる方も……。

こんな日本恥ずかしながらサクラ咲く　（宇部市・久村耕二郎）

まったく近頃、恥ずかしいことだらけの日本。でも顧みれば、〽万朶《ばんだ》の桜か襟の色……や〽貴様と俺とは同期の桜……の時代からずうっと今世紀は恥ずかしいことが続きますなぁ。しかし今年も、弥生の空に美しく咲いた桜。桜も肩身がせまいかな。

見て見ないふりする友を見ないふり　（松戸市・野見山夢三）

「あいつ嫌い」とか「ちょっとマズイ」とか、何かこだわりのある二人なら当然でしょうが、大した理由もなく無視する奴。そういう男に限って相手によっては「どうもどうも」なんてすり寄っていく。ま、いろいろですが、人間関係の微妙な瞬間です。

［七月］

くりかえしくりかえし田植して夫婦　（福井市・中　伸之介）

地道に額に汗して働くことを忘れてしまった今の世の中で、住専にからむ農協《ジエーエー》の問題は別にして、くる年もくる年も黙々とお米を作ってくれているお百姓さんのことを忘れちゃいけませんな。……エッ、でも「夫婦で田植」って、別のことを言ってるの？

共通語持ちたくて見るシャ乱Q　（八代市・金森　晋）

楠木繁夫だ美ち奴《やっこ》だと言ったって孫には通じません。オトッツァン、テレビのシャ乱Qやミスチル見て、サッパリわからんけど、孫と話題を合わせようと懸命だ。……アレ？　待てよ、お相手は孫じゃないのか?!　フーム、ま、お体に気をつけて下さい。

リトルリーグにも敬遠のフォアボール　（山口県・川端健一）

昔の三角ベースの頃とはちがって、今は子供の野球も一人前。勝つための小細工をプロ野球なみにやってます。野球だけじゃありませんな、なんでも大人のマネです。ギャルどもの生態なんぞもそう。尤《もっと》も、ギャルリーグでは、お父さん、いつも敬遠だ。

［八月］

高齢化畑つぶして車植え　（横須賀市・青木恭子）

「長ぇこと百姓やってきたけんど、伜は跡を継がねえし、もう年だで田畑の仕事もシンドイ。駐車場にしたらけっこう借り手があって、ハハハ、やっぱり作物植えたみてぇにずらっと車が並んでるわぁ。井上ひさしさんには悪《わり》いけど、この方が楽だわ」

熨斗紙《のしがみ》へ酒屋の親父《おやじ》筆が立ち　（佐倉市・浅草鐘吉）

「おやじさん筆が立つからさぁ、熨斗紙書いてもらうと、同じ一升でも引き立つよ。失礼だけど、人は見かけによらないね」
「いいえ、それ程でもありませんが、筆が立つかわりに、もう一方のフデは立たなくなりました。ハハハハ、毎度ありーい」

たくわんは日本軍の足の音　（高松市・山本天晶子）

「臭くてダサイなんて若い奴は言うけど、漬け物はタクワンが一番だ。それに噛んでると、その音で、どういうわけか、昔、陸軍で行進していた時を思い出すのよ。タクワンって、色も軍服に似てるけど、なんだか日本陸軍みたいね、なんだか……」

［九月］

大学を出ない息子が親思い　（広島県・戸田健太郎）

もうそろそろ、学歴なんぞを問題にしない世の中になってもいいんですがね。学校は知識は教えても、情味のある人間を育てなくなってるようで……。「孝という字を分析すれば　老をいただく子でござる」……都々逸《どどいつ》でも教えりゃいいんだ。

栓抜きを帯にバツイチ口にせず　（瀬戸市・芝田緑山人）

「栓抜きを帯に」が色っぽい。このお姐《ねえ》さんに関心ありのお父さん、バツイチだとお気に召さぬのか、バツイチと知って口説きたいのか。お姐さんのこころは、多分、この都々逸でしょうね――「いやなお客の親切よりも　好いたお客の無理がよい」

ダイエットしなくも痩せる爺と婆　（前橋市・鎌田洲見雄）

まァどの婦人雑誌を見ても、ダイエットの記事や広告ばかり。三日も食べなきゃすぐ痩せます。それにほっといたって、どうせ最後はガイコツだ。また都々逸を――「いい年をしてまぁお盛んな　コツコツコツコツと骨当る……ア、ドウシタ　ドウシタ」

［十月］

悪口を言いつつ贈るお中元

（郡山市・馬場圭子）

「お中元なんてバカな習慣だよ。しかも、彼奴《あいつ》になんかやるこたぁないんだ。世話になんぞなってやしねぇんだから。やな野郎だよ、ただ威張ってやがって。でもな、やっとかないと何されるかわかんねえから、ママ、なんでもいいから送っとけ！」

自販機でドーピングする塾通い

（阿南市・島田利幸）

「可哀そうに近頃の子供は遅くまで塾通い。世の中が間違ってるのよ。子供は健気《けなげ》に、罐《かん》ジュース飲んで気合い入れて勉強するんだけど、ジュース飲みすぎでデブが多い……あれ？　空き罐をポイ捨てしやがった。勉強よりそういうこと教えてやれよ」

無駄買いをさせて景気は上昇中　（瀬戸市・芝田緑山人）

「景気が一時よりよくなったって？　内需好調か。だけど景気、景気って、俺たち、どんどん物を買わなくちゃいけないの？　昔思えばもう何でも揃ってんだよ。ゼイタクしろっていうのかね。つつましく倹約して暮しちゃダメなのかい。えっどうなの」

［十一月］

行革行革で五年も過ぎたヨイヨイと　（東京都・太田昌幸）

いつも後手後手にまわって、ただセコイ補修をするだけの修繕政治。未来を見据えて先手を打つなんて、やったためしなし。掛け声ばかりの行政改革とやらもそう。もうあきれ返って、デカンショ節でもうたうよりほかないネ。やってみろよ、今度こそ。

コンパクトバックミラーの役もする　（川崎市・正木　長）

お化粧に専念しているようでいて、あれでご婦人も、「あら、あの男、後からあたしのことじっと見てるわ」なんて、とくに背後の動静には神経を働かさせているのね。見すかされますよ。男はまた、後からジーッと見るの好きだからネ、へへへ。

二十歳《はたち》からタバコ止《や》めると反抗期　（福井市・中　伸之介）

駅の隅のベンチにルーズソックスの足組んで、セーラー服が煙草吸ってやがるの。あれ意見でもしようものなら、「二十歳すぎたら止めるわよ」なんてヘラズ口で向かってくるんだ。また本当に二十歳で止めてシレーッとしてるのもいるのよ、いやはや。

［十二月］

新聞のバーゲンはない巨人V　（吹田市・そがきんや）

はっきりしろい勝った力士のインタビュー　（東京都・太田昌幸）

秀吉はあんなにしゃべる殿なのか　（豊岡市・大島毅士）

早いものでこの川柳欄も満三年。毎号多数の楽しい句をお寄せいただいておりますが、なお一層、切り口鋭く、新鮮な眼力の句を待ち望んでおります。

今月の一席―私の知り合いで、近所の西武デパートの安売りが楽しみで、それだけでライオンズを応援している人がいるくらいですのに、ほんと、シンブンのケチ！

二席―お相撲さんが、親方に後で叱られないよう本音をおさえて、ただハーハー息してる所を面白がるより仕方ありませんな。

三席―ツバ飛ばして喋るキタナイ秀吉も、若い人には結構人気があるんですね。でも投句のお気持よくわかりまして、拍手ぅ。さて、来年もどうぞよろしく。新しく応募される方大歓迎。新風を期待して、私もますます念入りに選ばさせていただきます。

・お世継問題

皇太子徳仁親王と小和田雅子さんの結婚は平成五（一九九三）年六月。そろそろ、発表が……と待ち望む気持。愛子内親王誕生は平成十三年十二月。

・住専の崩壊、農協問題

この年二月、政府は「住宅金融専門会社」（住専）に焦げ付き債権処理のため、税金を投入する法案を提出。住専処理は大口債権者である農林系金融機関救済との側面が指摘された。農林系金融機関の元締めはもちろん農協である。

・シャ乱Q

「つんく」をリーダーとする和製ロックグループ。平成七（一九九五）年に大ブレイク。つんくは平成九年より、「モーニング娘。」プロデュース開始。

・楠木繁夫

歌謡曲の歌手。古賀政男作品「緑の地平線」「女の階級」などのヒット曲がある。

・美ち奴

歌謡曲の歌手。「あゝそれなのに」の大ヒットが戦前にある。

・井上ひさし氏『コメの話』

井上ひさし氏は、米の自由化に反対し、日本の米作農業を守ることの大切さを訴えてきた。平成四年『コメの話』、平成五年『どうしてもコメの話』を発表。

・大河ドラマ

この年のＮＨＫ大河ドラマは、竹中直人が豊臣秀吉を演《や》った『秀吉』。

平成九（一九九七）年

［一月］

改革はオレに学べと言う下着　（岡山市・林　義人）

ねえ、行政さぁん、必要最小限の、小さい政府、小さい役所にしてェ。世の中みんな必要最小限で頑張っているのよ。あたしなんて、こんな小っちゃいんだから。でも、殿方みんな喜こんでくれてるの。くい込んでも慣れれば、とってもイイわぁ。

遺《い》憾《かん》です二度とこんなこと三度四度　（宇部市・久村耕二郎）

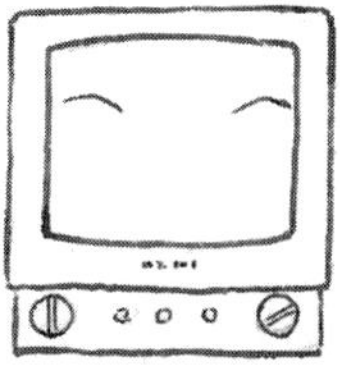

私、遺憾という言葉です。辞書には「のこりおしいこと、残念、気の毒」ってあります。でも、謝らなきゃならない時に、ゴメンナサイの代わりに使ってごまかすのに便利なことばなんです。政治家さんはじめ偉いさんにご愛用いただいております。ハイ。

比例区は落ちてた屑を拾い上げ　（東京都・岡田話史）

屑とはなんだ屑とは！　党が俺を必要としてるから比例区に入ってんだ。地元は俺の値打ちがわからずに落としたの。俺は金も使って党のために尽くしてんだ。えッ？　党が大事か、国民が大事か？　党にきまってるじゃないの。屑も積もれば永田山！

［二月］

人間は悪くないがと悪く言い　（松戸市・野見山夢三）

あの野郎には、本当に腹が立つんだよ。いや、人間は悪くないのね。悪くないんだけど、常識がないっていうか、ああいうことやっちゃいけないよ。品性が下劣だから、結局あんなバカやるんじゃないの。いや、人間は悪い奴じゃないんだけどさぁ。

すっぴんがとび出して来る小火騒《ぼや》ぎ　（加賀市・源　敏子）

ゆうべ近所のアパートからボヤが出たの。そこはイイ女がいっぱい住んでるから、俺駈けつけてさ。女もみんな飛び出してきたんだけど、これがババァばかり。ホラ、夜中だから化粧おとしてるだろ。昼間の顔と全然違うんだよ。俺、火事よりビックリ。

巨人軍あとはイチロー取ればよい　（横浜市・池末亮輔）

他人がイイ物持ってると、何でもそれを欲しがる奴っているじゃない。他人の女まで取っちゃうんだよね。すこしは自分で開拓しろっていうんだよ。ちょいとばかり金持ってるからって、サモシイ根性。ナサケナイねぇ。巨人軍みたいな奴だねぇ。

［三月］

元寇《げんこう》の油へ柄杓《ひしゃく》で立ち向かい　（富山県・越川律子）

降って湧いたような重油の被害はカミカゼも逆風でまさに国難。「元寇の油」と言った所が妙ですな。柄杓で立ち向かうツラサはまた、太平洋戦争の竹槍を思い出させます。そしてボランティアの活動には、まだまだ日本も捨てたものではないとも……。

威勢よい奴に限ってない品位　（宇部市・久村耕二郎）

政治家さんからヤクザ屋さんまで、大体そういう傾向。でも、その品位のない所を、庶民的、ザックバラン、本音などと言って好感を持つ人もいて、当人ますます増長するようです。もっとも逆も言えるんですね。「品位ある奴に限ってない威勢」

銭湯で洗う順序にある個性　（北九州市・原　正昭）

ま、どこから洗おうと大きなお世話なんですが、人間の生活の細かい所のクセはさまざま。「個性」ってほどのものでもないのでしょうが、この場合、ちょっとカタク「個性」と言って含みが出ました。川柳は、やはり言葉づかいで生きるも死ぬも……。

［四月］

寝返りを打てば貴方《あなた》が居る不況　（八代市・金森　晋）

出稼ぎなのか日雇いなのか、今までなら居ない筈の「貴方」が、不況風で今年は稼ぎに出て行けない。「貴方」が居るのはウレシイとしても、「貴方」の持って帰るものが途絶えて……。せつないですなぁ。不況をこんな風にとらえて、いかにも川柳。

低金利視力表ならド近眼　（北海道・藤田　輝）

結局、銀行救済のための低金利でしょ。いつかのバカ高利は異常だとしても、いくら何でも0・2なんていうド近眼数字じゃ、定期の利息が唯一楽しみだったオジイチャン、孫にも小遣いやれないで、近頃シカトされてます。元はといえば政治がド近眼。

ほんとうの私を知っている枕　（郡山市・馬場圭子）

「ほんとうの私」って、どういう私なのか、枕になって知りたいなぁと、いろいろ気を廻してみたくもなります。川柳はたかだか十七文字ですから、フクミが肝腎。もっとも、そのフクミも読みとり方によって、その人の品性のほどが知れますが、へへへ。

［五月］

あの世とは良いところらしい行ったきり　（会津若松市・山口孝明）

なにしろ向こうは人材豊富で、いま総理は石橋湛山。けっこう評判いい。先日、司馬遼太郎が招かれ現世の近況を説明したらしい。文楽・志ん生の二人会が盛況で、スタルヒンが完全試合をやったそうです。この間、消費税が２％下がったんですって。

後半は早足になる美術館　（郡山市・馬場圭子）

そうなんですよね。最初はばか丁寧に観ているんですが、疲れるのと飽きちゃうのとで、だんだん雑になる。折角《せっかく》来たんだからという気持もありますから、観るには観るんですが、自然にサァーッと目でなでて通過するだけになって、出てホッとするの。

点滴をする時指名したくなり　（静岡市・繁原幸子）

人さまざまな血管の具合に、点滴の針を刺す技術の上手下手の差、そして細かい配慮のあるなしの違いがありすぎます。選者も以前、点滴の不手際でエライ目にあいました。どこかと同じで、指名料上乗せでも、上手な人にやってもらいたい。ほんとよ。

［六月］

咲きもしょう散りもいたさん銭のため　（泉南市・関戸　清）

――と言っちゃ身も蓋もないのはわかってます。だけど世の中、何がツライといって銭のない程ツライことはない。これは貧乏したものでなきゃわかりません。さはさりながら、後に七七を付けときましょうか。「さりとて銭で満たされもせず」と。

言い訳の巧みな孫に期待かけ　（仙台市・太田としひこ）

「あの子は、ああいえばこういうで、全く上手いこと切り抜けやがる。コンチクショウと思うけど、でも、ああいう才覚があるっていうのは、ひょっとすると世の中をうめぇこと渡っていける奴かもしれねぇなぁ」と、結局は孫びいきなんだ。フフフ。

大ファンというがテレビを見てるだけ　（大阪府・岡田典雄）

「いつもテレビを見てます。大ファンです。小沢栄一さん」って言われることあります。それなら名前ぐらい覚えてくれって言いたい所ですが、当節、贔屓《ひいき》の役者に祝儀を出すなんていう習慣もなくなりました。いえ、ほしがってる訳じゃありませんが……。

断って二度目の誘い待っている　（神戸市・岩田信義）

この句で、嫌よ嫌よはイイのうち――女性のことだけを想い浮かべる方はゲヒン。例えば飲みに、麻雀に、いえ仕事だって、口かけられて先ず断る人います。重ねて懇望されればイヤイヤの態でOK。なに、断ってすぐ再度のお誘いを待っていたのよ。

病歴を楯に要領良く生きる　（仙台市・高沢照夫）

「私は身体が弱いもんで……」「私は大病したから……」と何かにつけて病気持ちを口実に、うまいこと楽な世渡りをする人、確かにいますねえ。「病気」って言われちゃどうしようもなくて、向う様の都合どおりです。こっちは因果と丈夫だし……。

違う目でテレビ体操見てる奴　（東京都・清水益三）

います、そういう奴。ここにもいます。今やハダカ見てよろこぶなんてシロウト。クロウトにはテレビ体操なんぞが「違う目」にこたえてくれます。まだ他にも、教育チャンネルの某外国語講座のオネエさんとか……詳しくは教えない。自分で探せ！

［八月］

夏休み子は中型の粗大ゴミ　（奈良県・井藤　清）

夏休みで、子供が毎日ウロウロ家にいる。子供も大きくなってくるとジャマ、目ざわりです。「中型の」が効いてますな。ただでさえ「大型」の方でうんざりしていますからね。休みばかりが増える世の中。休み慣れしていない大日本。あああ。

店員に客の方から敬語言い　（静岡市・繁原幸子）

店員にひどい言葉で応対されると、逆にこっちは、わざと丁寧語を返してやるんですよ。でも向う様は気がつきもしないの。言葉の乱れは世の中の乱れ、文化の乱れ。しかし乱れを嘆くのはいつの世も年寄りばかりか。乱れて進む大日本。あああ。

宿酔《ふつかよい》してる場合か少子国　（日立市・石川敏美）

子供が増えれば、家もせまいし金もかかるし、カァチャンは子育てを面倒くさがるし……いえ、そんなことないわよ、子供欲しいわぁのお宅でも、トオチャン仕事で疲れて、疲れるから酒ばっかりくらってて……年寄りばかりで少子化の大日本。あああ。

［九月］

帰省して妻が入らぬ墓洗う　（稚内市・藤林正則）

夫婦別姓とか、別墓とか。夫婦の道もキビシクなってきました。また、墓はいらない、骨は空へ撒《ま》いてくれ、海へ流してくれ、というような風潮。そんななかで、故郷の墓をひとりせっせと洗うお父さん。この川柳に、泣くも笑うも怒るも、お好み次第。

忘れないように何かに書いたけど　（大阪市・佐野九州男）

年をとると物忘れはハゲシイ。だからメモしておくようにするのだけれど、それも、どこへ書いたか、どこへいったか、また忘れます。朝から晩まで探しものばかり。でもいいのよ。何もかも忘れましょ。忘れなきゃ、こんな世の中、生きてけねえや。

躍《おど》り食い紅唇《こうしん》愛を告げながら　（札幌市・楠本たけし）

男と女が食事している。女はしおらしく控え目に愛を告げた。しかし同じその口で、生きエビかなんかをバリバリ食ってもいるという情景……ではないのかな。これは、亀さんの躍り食いではなかろうか。好きよ、好き、オドリたぎってるのをパクッ。

［十月］

いつまでもあると思うなこの地球　（静岡市・大野栄通）

「いつまでもあると思うな親と金」はかつての教訓句。当今のニッポン、親はいつまでもいるし、金はあるのかないのか、昔に比べりゃ贅沢の限り。だけど欲望ムキダシの大量消費社会が、地球を刻一刻犯しています。このままでは地球地獄。この句は21世紀へ向けての標語だ。国連へでも送るか。

その件は最高裁のママに言え　（福岡県・竹井文子）

「最高裁」がウマイですな。このごろは何事もママに決定権があるのネ。お父さんが決めても、差し戻しでママの逆転判決。もうお父さんも口を出さなくなりました。でも、へへへ、その方がラクはラクなのよ。

恥部を見せ敵の本音を偸《ぬす》み読む　（泉南市・関戸　清）

女性が恥部を見せれば、男の正体すぐ読みとれる、ってことじゃないでしょう。恥しいことさらけ出して、ハダカのつきあいをすれば、先様も本音を出してくるという人間関係の戦略だ。もっとも、恥部を見せるだけのバカにされっぱなしの人もいます。

［十一月］

葬儀では金にならぬとパパラッチ　（横浜市・鍛治伸夫）

パパラッチと同じ穴のムジナで〝テレビッチ〟があります。実は鍛治さんの投稿は「葬儀でも金になるぞとBBC」と二句セットになっておりました。日本では、葬儀での参列者のテレビコメント、あれ、ノーギャラなんです。言いたかないけど……。

また来る気立ち読み頁折って去り　（奈良県・井藤　清）

近頃はコンビニなんぞで、若いのが、もうしゃがみこんで雑誌を読んでるの。あれじゃ立ち読みというより坐り読みだ。しかし、注意されてか、用でも出来たか、頁の角折って出ていったとは、またすぐ来るつもりなんだ。図書館じゃないんだよ。

冷蔵庫整理して発《た》つフルムーン　（北九州市・原　正昭）

老夫婦は冷蔵庫整理まで用意周到なんですね。身についた節約癖……貧乏性でもあります。そういう育ちだから仕方ない。フルムーンとは例によってカタカナだましですが、旅行も出来なかった古ムーン世代の最後のお楽しみだ。行ってらっしゃーい。

［十二月］

退屈を知らない不幸知る不幸　（仙台市・太田としひこ）

人はさまざま。忙しすぎて心休まる暇もなく退屈を憧れる人もいれば、やることがなくて暇をもてあまし退屈をかこつ人もいます。とすれば「退屈を知らない幸せ知る幸せ」も成り立つわけで、幸、不幸は裏表ですか。旗本退屈男はどっちかな。

年寄りが丈夫だという地獄あり　（静岡市・繁原幸子）

年寄りを大切に、はよくわかっています。でも年寄りがいつまでも丈夫であるために、そのまわりで地獄の思いをしている者もいます。早くオダブツしてくれたらなぁ……という秘めたる願いは川柳でなきゃ言えません。川柳はホンネが許されるようで。

借りている本の感想また聞かれ　（大阪市・佐野九州男）

本を借りたのはよかったけれど、貸した奴が「どうだった、どうだった」と感想を求めてくる。あれは感想なんか聞きたいわけじゃないの。早く返せという催促なんですよ。ケチねえ。だけど一度借りたら返さない奴もいて、その場合はどっちもどっち。

世界・ニッポン

・比例区

前年の十月、初の小選挙区比例代表並立制による総選挙が実施された。小選挙区で落選しても比例区で復活当選する現象が問題になった。

・巨人軍の選手補強

平成六（一九九四）年に移籍してきた落合博満と入れ替わりに、この年から西武の四番打者、清原和博を迎えた。他チームのスターを金と名声で誘ってとりまくり、補強するのが巨人のやり方。あとは、イチローが来てくれればよかったが、イチローは平成十三（二〇〇一）年から大リーグ、シアトル・マリナーズへ。

・重油流出事故

この年一月、日本海隠岐島沖で、ロシア船籍のタンカーが破断、積荷の重油が流出。福井県はじめ日本海沿岸の八府県の海岸に漂着。

・ダイアナ妃事故死

この年、八月三十一日、パリの高級ホテル「リッツ」を出たダイアナ妃と愛人のアルファイド氏が乗ったベンツが、追跡のカメラマンを振り切ろうとスピードを出しすぎて、トンネル内の支柱に激突。二人は死亡した。有名人のあとを執拗に追いかけるカメラマンたちはパパラッチと呼ばれている。

平成十（一九九八）年

【一月】

不景気も静かでよろし雪積もる　（札幌市・楠本たけし）

「バブルって時も、経済危機なんていわれる今も、俺なんて同んなじ。ずっとピーピー。それでもさぁ、昔おもえば上等だよ。不況だ、不景気だっていうけど、なんだか静かでいいねえ。おや、雪か。かあちゃん、一本つけるか。今夜は積もるな」

折角の奢《おご》り廻らぬ寿司がいい　（八代市・金森　晋）

「うわっ、寿司おごってくれるの。ありがとう。俺、寿司大好きでたまに食べるんだけど、回転寿司ばかりなんだ、ハハハ……えっ、この店？　やっぱり廻ってる。あの……折角おごってくれるんだったら、止まっている寿司、食べさせてよ、お願い！」

右に母左に妻の弥次郎べえ　（泉南市・関戸　清）

「嫁と姑、こればっかりはどうしょうもないの。どっちかの肩もつと、必ずこじれます。だから右と左、ちょっと離して、うまいことどっちにも傾かないように、そう、弥次郎べえと同じ。その微妙な釣り合いとるのが亭主の腕なんだけど……揺れるねえ」

［二月］

肩書きの手前自宅で死に直し　（八代市・金森　晋）

ご自宅以外の、別なる宅、別なるホテルにて、別なる方のそばで（上もありますが）亡くなる方、実は、とても多いようです。されば肩書のある体面上、自宅で死亡と繕《つくろ》うわけで。もっとも、なかには「身の潔白を」と自殺なさる方も。ご用心。選者も。

肩凝りによう効きますかビッグバン　（京都市・伊藤俊春）

右肩上りでやってきて、すっかり肩が凝ってしまった日本経済。肩どころか、どうやら内臓が腐り果てているようで、すなわち大爆発近し。これが近頃さかんにいわれるピップエレキバンです。ハハハ。ビッグバン貼るぐらいじゃ効かないのでは……。

神様のポーズで坐るホームレス　（東京都・南川光男）

ホームレスの人が、家を捨て、名を捨て、世間的執着を断ち切っているとすれば、これはもうカミ・ホトケに近い捨て聖《ひじり》。坐る姿もおのずとカミサマに近づくのでしょう。カミサマですから強制排除しようとすると、バチが当りますよ、新宿の青島都知事殿。

［三月］

前妻が時々なにか取りに来る（大阪市・佐野九州男）

おかしい。何だかおかしい。前妻さんは何を取りに来るのでしょうか。「なにか」を取りに来るんでしょうね。この場合、よくわからないから余計イメージが広がって、前妻さんの姿まで髣髴《ほうふつ》とさせます。「時々」というのもナカセますなぁ。おかしい。

柔順な証拠7桁《けた》ちゃんと書き（奈良県・井藤　清）

郵便番号ってけっこう面倒くさかったのにこんどは七桁！　それでも文句もいわずに

オカミの指図どおりでナサケナイ。こんな柔順でいいのか。いくないよ。民営化で郵便業が乱立したら、番号書かなくていいところに頼みたいなぁ。ミンエーナラエ！

この程度だからだこそのベストセラー　（京都市・志賀うらら）

いや、ベストセラーでも「この程度」でないのもあるんですがね。でもまぁ、ベストセラーに「この程度」のキワモノが多いことも事実のようで、後々読みつがれる本はやはり少いようです。ま、多数派に毒づくのも川柳の真骨頂。いけいけ、どんどん。

［四月］

桜の木切ったのですか大統領　（東京都・豊　英二）

初代米大統領ワシントンは正直にイエスと答えました。現大統領はノウと答えてます。

僕の父も母にヤリマセンと言ってました。桜と違って桃の場合は正直でない方がいいのでしょう。僕も大きくなったらヤリマセンと言います。――三年二組　橋本川柳

不倫ではない謝礼です二度はせぬ　（宇部市・樋村天流）

まぁよくも宣《のたも》うた。何の謝礼かわかりませんが堂々たるお言葉。言えるものなら言ってみたいですね。「二度はせぬ」はちょっと弱気ですが……。それにしても、投稿者は九十一歳老とのこと。オソレイイリマシタ。私も言ってみますか。ハリ倒されるよね。

無条件という条件の気味悪さ　（宇部市・久村耕二郎）

この句の投稿以後に「イラク無条件査察受け入れ」が報道されまして、先見性もありました。なるほど無条件でもイラクはまだまだ不気味です。ただし半世紀前の「無条件降伏」だけは正真正銘の無条件。今でもまだ、あの国の言うことには無条件？

［五月］

にぎにぎをとっくに見てた古川柳　（習志野市・杉浦一夫）

役人のくせに賄賂《わいろ》も取れぬ奴　（東京都・岡田話史）

老年法あれば刺したいやつが居る　（松戸市・野見山夢三）

第一席の句は、ご存知「役人の子はにぎにぎをよく覚え」の古川柳のこと。川柳子ははや江戸の昔に役人の収賄を突き刺していました。その収賄に対するニガニガしさを逆から入って効果をあげた第二席の句。手練《てだれ》の発想です。そして役人への怒りがもうアタマにきて「刺したい」という第三席。「老年法あれば」はもちろん「少年法」への批判ですね。もっとも、この刺したいのは役人ばかりではないようで。
世の中乱れてくると川柳に勢いがついて盛況のようです。最近も、渡辺信一郎著『江戸川柳』（岩波同時代ライブラリー）、川柳作家岸本水府の伝記で、田辺聖子著『道頓堀の雨に別れて以来なり』上下（中央公論社）、少し前になりますが、林えり子著『川柳人川上三太郎』（河出書房新社）などが出ました。おすすめです。

［六月］

ＰＨＳが育てる軽い人　（京都市・伊藤俊春）

だけどここへきて急にみんな、何んであんなにイドーしながらしょっ中携帯電話を耳に当ててなきゃなんないの？　ドコモかしこも街中〝鶴田浩二〟ばかり。なんだかウスッキミ悪い世の中で、ふと思ってしまうのは——日本中電話しながら亡びけり。

馬鹿なこと聞くんじゃないよインタビュー　（東京都・太田昌幸）

子供を亡くした親に「今のお気持は？」だって。馬鹿なこと聞くんじゃないよ。テレビは無作法、無神経、無智、無能の巣ね。でもそういう私がついバカテレビを見ちゃうの。テレビはいずれバカではなくなるのでしょうか。馬鹿なこと聞くんじゃないよ。

ドクターに死ぬほど呑めとおどかされ　（東京都・南川光男）

いいドクターです。「酒は少しなら百薬の長。飲み過ぎがいけません、程々に」なんて言われたって止《や》める奴はいません。「もうガブガブ飲みなさい、飲んで死になさい」で効き目があるんです。……でも、それでも飲む人もいるか。いたなぁ。合掌。

［七月］

もうカレー喰わぬと怒る核実験　（福岡県・竹井文子）

インド憎けりゃカレーまで。八ツ当りがオカシイ。世の不正、矛盾への怒りを表わすのも川柳のひとつのツトメですが、川柳はスローガンや標語とちがいますから、ナマな表現でなく、やはり笑いなどを武器に、ひとひねりして刺す方がおよろしいようで。

名人が金《きん》を取られて投了す　（浦和市・金子勝太郎）

さすがの将棋名人もお手上げ。あの一件は不倫オトウサンに衝撃を与えました。しかし、もう不倫は止《よ》そうと改心した方はあまりいなくて、今後は警戒心を緻密に働かせなくては、と悟った方が多かったという……オマエ、自分のこと言ってるのか?!

三面鏡三面ともにブスはブス　（前原市・吉原吉夫）

ブスを笑っちゃいけません。しかしおブスは（おをつけても同じか）、決してご自分ではブスと思っていないので救われます。水商売では、往々にして美人はBクラス。Aクラスはココロ美人のブスが多い。ブスをバネにするのでしょうか。Cクラスはブスで性悪《しょうわる》。

［八月］

もうこれに乗れば安心霊柩車　（松江市・山本明参）

霊柩車というもの、若い時はただ気味わるがっていましたが、乗るのが近づくにつれて〝お迎え車〟と親しみも湧いてきて、「これに乗れば安心」の心境までもう一息です。でも、出来ればケバイ飾りのない霊柩車だと私は「安心」だな。あれ下品ネ。

成り行きに任す外なし寝るとする　（佐倉市・浅草鐘吉）

「成り行きに任す」、これも年寄りの一つの智慧《ちえ》です。どう転んでも経験上打つ手はあるという自信。寝た方がいいの。でもだいたいは、あれこれ思案するのがメンドクサクて、ええい、寝ちゃえ、ですよね。どうか、寝たままになりませんように。

渋滞にバイク9筋の香《きよう》となり　（川崎市・加藤太美治）

交通渋滞となれば、ベンツもポルシェもお手あげです。そんな時、道路の端を抜けてバイクがすいすい突き進んでいく。そのバイクを、将棋の9筋を直進する香車に見立てたご趣向が結構でした。香車バイクを王車、金車、銀車などうらやましがってます。

［九月］

銭湯に実印持って行った妻　（大阪市・佐野九州男）

亭主に実印を渡さないようにしてるってのは、余程タチの悪い亭主なのか、それとも余程疑り深い女房なのか。この場合、よくわからないところがミソで、複雑な事情がいろいろ想像されて、なんだかコワーイ。十七文字のミステリー小説ですなあ。

さりげなく女よこがお盗ませる　（阿南市・島田利幸）

ご婦人は横から盗み見されてる男の視線を、知らんぷりしているようで、ちゃんと察知しているのです。但《ただ》し「あら、イイ男、私のこと見てるわ」もあれば、「なによ、ジロジロ見て、いやらしいヂヂイ」もあるのね。……だけどこれ、イイ女の場合よ。

また男哀れに思うバイアグラ　（京都市・志賀うらら）

沢山のバイアグラの句からご婦人の投句を頂戴しました。高い金払って薬を入手して、ムリヤリ立たせて長持ちさせるのもメスへの奉仕のため。その奉仕がオスの喜びなんですって。かねて哀れとは思ってましたが、ひとしお哀れ。バイアワレ。ホホホ。

［十月］

六十の六月六日コンピューター　（静岡市・繁原幸子）

昔から諸芸習いごとは、六歳の六月六日から、ということになってます。たしかにその頃からやれば身につきます。それが六十の六月六日からじゃ、お父さん、そりゃ無理よ。でも、やらないよりはやった方がいい。バイアグラより、なんぼか脳にいい。

不景気に無沙汰の友が顔を見せ　（北九州市・原　正昭）

山口瞳さんの〝江分利満氏《えぶりまん》〟に——正月、長いこと無沙汰の友が、子連れで唐突に来訪した。何のために来たのか結局わからなかった。多分、金の無心に来たのだろうが、それを言い出せずに帰っていった——という話を私、ラジオで朗読してホロリでした。

最近のテレビぶっても直らない　（東京都・倉持　宏）

昔、ラジオが鳴らなくなると、手で箱をぶんなぐれば直ったもので、テレビもそうでした。近頃は、ほんと、なぐってもダメね。修繕っていうと必ず買い換えた方がお得ですとくる。何でも使い捨てだ。そのくせ政治家は再生品が出てくる。なぐってみるか。

［十一月］

阪神と政治はどうして駄目なのか　（東京都・太田昌幸）

ほんと、どうして駄目なのか。駄目なのを愛している阪神ファンも多いと聞きますが、政治は駄目じゃ困るのよ。ただし、阪神にはいい選手が揃ってますが、政治の方には打てず守れず走れずばかり。昔とちがってもう優秀な人材は政治家を目ざさない？

チョー早撃ち見せる世界の保安官　（東京都・目暮敬二）

さすがは世界の保安官、ピストルだけじゃなくミサイルも早撃ちで、世界中が目をみはり、あるいはあきれました。でもあのピストルのさばきには、俺と似たような手口だと、さして驚きもしないお父さんもいるんですよ、クリントリスさん……アッ失礼。

見合いした日の銘仙《めいせん》を出して見る　（佐倉市・浅草鐘吉）

たまには古風な句もいただきましょう。失礼ながら昭和初期の川柳本からこぼれ出たようで、レトロ味たっぷり。銘仙を新調するのも庶民のささやかな、精一杯のおしゃれでした。見合いも少なくなりましたな。ああ、過ぎし日の、つつましさよ。

［十二月］

ジパングは遠い昔だ密航者　（東京都・太田昌幸）

マルコポーロはジパングを黄金の島とかいかぶったようですが、渡ってはきませんでした。当節は船底に隠れたマルデポーロがどんどんもぐり込んでくる。黄金不況のジパングでもまだウマミがあるというの？　ともあれ密航者の句とは珍らしかったです。

この辺が俺の場所だなクラス会　（東京都・倉持　宏）

クラス会の句は、毎度似たり寄ったりの発想が多いのですが、この句は、出席の当日「やぁ、やぁ」で始まって、さて、どこへ坐ろうか、俺としてはまぁこの辺に……という、控え目な心の動きと、人柄もしのばれて、なんとなくほほえましいのです。

スカートの下の核にもクリントン　（岡山市・林　義人）

今月もクリントンさんを笑う句を頂きましょう。何しろ世界中を笑わせたんですから。クリさんは葉巻を核《クリ》ちゃんに接続なさったそうですが、これに近いバージョン、お父さんも身に覚えがおありですかな。だけど核ミサイルに手をつけるのは止めてネ。

世界・ニッポン

・ホームレス排除

平成八（一九九六）年、新宿西口4号街路に「動く歩道」がオープン。青島幸男東京都知事の「ホームレス」への「偏見」発言が話題をよんだ。ホームレス追い立てのための計画だと、前年より抗議が相次いだが着工。

・郵便番号

この年二月より、従来三桁だった郵便番号が七桁に変わった。

・クリントン大統領スキャンダル

この年の一月以来、ホワイトハウスの研修生モニカ・ルインスキーとの性愛スキャンダルでメディアが盛り上がった。当初大統領は「性的関係を持ったことは一度もない」と弁明に努めた。

・無条件査察受け入れ

この年二月、イラクは一旦は国連のアナン事務総長に約束。しかし、結局は査察を拒否した。

・PHS

平成七（一九九五）年七月からサービスが開始された。普通の携帯電話（PDC）と区別するため、簡易型携帯電話といわれることが多かった。普通の携帯よりも、音質がいいが、移動すると音声が途切れやすい。平成十六年現在、普通電話の室外器などに今後の展開が期待されている。

・鶴田浩二

昭和四十五（一九七〇）年十二月発売の『傷だらけの人生』を歌うときに、鶴田が片耳に手のひらを当てた姿が印象的だった。「古い奴だとお思いでしょうが」

というセリフの部分が流行った。

・インドの核実験

五月十一日、インド人民党政権、二十四年振り二度目の核実験。同月下旬、パキスタンもインドに対抗して核実験。

・将棋の中原誠永世十段

この年四月、週刊文春誌上で元女流名人・林葉直子との不倫スキャンダルが告発された。中原永世十段は記者会見で弁明。

・阪神タイガース

昭和六十（一九八五）年の優勝以来、翌年からこの年までの順位は次のようになる。3、6、6、5、6、6、2、4、4、6、6、5、そして、このシーズンは6位。監督吉田義男。この低迷ぶりはなかなかのもの。

・世界の保安官

米大使館爆破事件への報復として、八月二十日、アメリカはアフガニスタン領内のテロ組織訓練施設などにミサイルを打ち込んだ。クリントンのピストル早撃ちは女性スキャンダルがらみ。

平成十一（一九九九）年

［一月］

腰曲げて余生に馴染《なじ》む足場組み　（出雲市・渡部定雄）

板割の浅《あさ》を知らない刺客鳥　（松戸市・佐々木三吉）

旅の都度《つど》平家《へいけ》そんなに居たのかな　（町田市・須山晶子）

渡部さん―選者も見習って座右の標語といたします。佐々木さん―板割の浅太郎は親を刺しても子は引きとってオンブしていたようで。刺客鳥にルビをふればオウム。須山さん―はい、日本中あちらこちらに平家落人の里。〝平家末裔《まつえい》〟にメリットありですか。渥川下明さん「勲章が欲しくて欲しくないと言い」―ヂデイどものイタイ所をグサリ。渥美東洋子さん「衝突の音で携帯電話切れ」―ドキッ。運転中の携帯はコワイ。カーナビもね。高尾磯次郎さん「白蟻《しろあり》の駆除銀行より依頼あり」―切羽つまった銀行もヒ素をどうにかするのかな。山本明参さん「動員や軍で果たしたボランティア」―あの徴兵、徴用、勤労動員もボランティアの元祖よとにが笑い。星野おさみさん「10年の10月10日はパチンコ屋」―パチンコめ、ちっとも三ッ並びのフィーバーしやがらねえ。10年10月10日にやってみるか。太田昌幸さん「乃木大将防衛庁をなげきます」―旧乃木邸は防衛庁のすぐ並びです。右へ、ならえ！　だ。みわみつるさん「姑が『10年日記』を買って来る」―義母殿はまだこれから10年も生きるおつもりか、トホホホ。以下まだまだ今月豊作。

［二月］

勤労を感謝するほど仕事なし　（東京都・太田昌幸）

「今日は旗日かい。俺なんか仕事ねえから毎日旗日だよ。勤労感謝の日？　そうかい、俺も仕事にありついて感謝してみてぇね。昔なら新嘗祭《にいなめさい》か。神さんが秋の実りをナメル日だよ。だけど今日びの不景気、神さんにもナメラレちゃってんのね、ハハハ」

ハンドルを持つと人間邪魔になり　（東京都・栗原栄吉）

「いえ、轢《ひ》き殺そうなんて思いませんけどね、左折しようとして、横断歩道モタモタ歩いてるのがいたりするとそんな気にもなるのよ。だけど、こっちが歩いてる時は逆だ。世の中から車なんかなくしちゃえ！　なんてね。人間って勝手なもの、ほんと」

慰さめも励ましもせぬ友が好き　（町田市・須山晶子）

「お気の毒、頑張ってぇなんて言われるより、こっちが落ち込んでる時こそ何時《いっ》もと同じ態度で接してくれる、そういう友達がいちばん慰めにも励ましにもなるのよ。友達の何時もどおりの心に支えられて、こっちもやがていつもどおりに戻れるの」

［三月］

「米英は鬼畜」の旗が立つ砂漠　（横浜市・青木　実）

アメリカに刃向かっている国があります。昔、当方も「鬼畜米英」で刃向かいましたが、あの時と全く同じ旗印で戦っているようで、当方としては、ヤレヤレ！　とけしかけたい様な気持と、結局人々が苦しむだけなんだがなぁという深い心配と……複雑です。

不良債権も大物は国葬　（東京都・日暮敬二）

大どころの不良債権なら我々の税金で救うのか、という庶民の怒りの句を一杯頂戴した中で「国葬」とは結構でした。川柳は、詠《よ》む人の、ありきたりでない視点がまず大切。そして言葉の工夫もウガチの戦力です。……とたまには選者らしくちょいと一言。

ランナーはポイ捨てしても赦《ゆる》される　（唐津市・山口高明）

マラソンではコップを見事に路上にポイ捨てします。成程《なるほど》、あれ、見てる子供なんかに影響ありましょうな。誰れか並走して箱にでも捨てさせると、ポイ捨てはダメよと教えることになるかも。スポーツ界は教育に熱心なんでしょ、芸能界とちがって。

［四月］

長生きの秘訣を語り先に逝き　（町田市・須山晶子）

「お気の毒にねえ。あの方とても健康法には詳しくてね、みのもんたさんの番組なんか欠かさず見て、私にもあれを食べろ、これを食べちゃいけないって、いつも注意して下さってたの。どうしてお亡くなりになったのかしら、悲しいわァ」

五つの輪お金のマルに見えてくる　（東京都・新井常正）

「オリンピックのマークの五つの輪、あれ、五大陸の協和を表わしているって聞いてたけど、そうじゃないんだ。あのマルはお金かぁ。カネがいっぱいからんでいるってことね。ついでに聞くけど、どこかの国の旗、あれはマルが赤字ってこと？」

さて次はどこへワラジの議員旅　（日野市・山内純生）

〽ベベベンベン、名代《なだい》なる永田町、浮草の今日は向うの岸に咲く、どこをねぐらの三度笠、渡り鳥かよおいらの旅は、風の吹くまま西東、燃えて散る間に舞台は廻る、またぐ敷居が死出の山、馬鹿は死ななきゃァ直らない——浪曲、流行歌の名文句より。

［五月］

人間もハツ、モツ、ジンの時世《とき》となり　（秦野市・浦上昭一）

来世紀吸える空気があるかしら　（横須賀市・青木恭子）

花時計秒針つんとして回わり　（高松市・山本花安）

「世紀末」とは文字づらだけなら世紀の終りということでしょうが、十九世紀末のヨーロッパにあらわれた享楽的、退廃的、ひいては厭世《えんせい》的、絶望的な風潮をいったものなんですね。しかし今世紀末にもそういう傾向が社会につよく出ているようで、われらが川柳欄も、そんな病的な世紀末をエグル句が次第に多くなると同時に、そのエグリ方もまた世紀末的にハゲシクなってきているようです。

一席の浦上さん―ジン（人）の臓器移植問題をハゲシク串ざしにしてタレをつけました。二席の青木さん―これまた絶望的ですが、もちろん警鐘を鳴らしているのですね。そこで口直しに三席は山本さんの春の公園の花時計の描写句を頂きましたが、でもひょっとしたら、今世紀末の時の流れにイラ立って「ツン」としているのかも。

［六月］

少子化がめだかの学校にも及び

（加賀市・源　敏子）

〽めだかの学校は少子化で
ちょっとのぞいて見てごらん
生徒がひとりもいないのね
ついでに——〽人間の学校も少子化で
　　生徒の数がへるけれど
　　広末涼子でふえている

避妊など致しませんと宮内庁　（唐津市・山口高明）

〽君が代は千代に八千代に……危ふし皇位継承。「もしもし、宮内庁さんですか。どうしてお世継が生まれないのですか。まさか天皇制を次の次で廃止なさるおつもりで、わざわざ御避妊なさっているのでは……。民草《たみくさ》は心配です。もしもし、もしもし……」

兄さんのＮＯなど利かぬ伏魔殿　（千葉県・麻生　弘）

〽俺らは都知事
やくざな都知事
俺らがおこれば嵐を呼ぶぜ
喧嘩代りに都政にいどみゃ
役人どももぶっとばせ

頼みますよ、東京を。東京をです。

［七月］

外出着脱ぐとほんとの齢になる　（長崎市・宮部利夫）

別に若く見せようって積りでなくても、外出着で出かけるとシャンとして、だいぶ年齢は若く見えるもの。わが家へ帰っていつものに着替えると、気のハリも解けますし、とたんにガクッと年齢だけの姿です。だから家族はその姿しか見てないのネ。

四体蛮健　一頭不満足　（東京都・渡辺茂夫）

「ちかごろの若ェのときたら、ただバクバク食ってガブガブ飲んで、ナリばっかりでかくなりやがって、マスばかりかいてるから頭の中はカラッポじゃねえか。少しはあの乙《おと》武《たけ》クンを見習え」と、オジンはぼやいて、アクビして寝ちまいました。

救急車ウチのオヤジは家に居る　（習志野市・君成田良直）

ピーポー、ピーポー、救急車が通ります。「おい、救急車が走っていくなァ。うちのオヤジさん、またどこかで倒れて、運ばれてるんじゃないの？　えっ？　家にいる？

……そうか、いたのか。……運んでくれた方がよかったのになぁ」

［八月］

紫陽花《あじさい》は公明党のように咲き　（北九州市・藤永三郎）

「公明党のように」とは——梅雨時に咲く紫陽花が、ジメジメしてる自民党とよく似合うということか。別に「七変化」の名があるためか。党首が美しく咲いてるから……ではないか。ま、よくわからない所がごちそうで、どうぞご随意に。ハハハ。

税務署のトイレを借りて納税す　（長野県・山村正三）

無駄使い、バカ使いしてると知ってたって税金は義務だ。黙って納めます。納めますが、なんかクヤシイのですよ。だから税務署へ納めにいくとね、ええい、ションベンでもしてやれって……いいえ、別にそれで、元とれるわけでもないんだけど、トホホ。

娘にはせめて利子と名付けよう　（相模原市・みわみつる）

ぜいたくもしないで、一所懸命こつこつ働いた結果の預金ですよ。その利子を楽しみにしていたのに、近頃の利子、あれ何よ。あんなもの利子でも何でもない。利子というより粒子ね。利子が欲しいよね。もうヤケで、娘に利子という名でもつけるか。

［九月］

学校前座れて降りる病院前　（川崎市・加藤太美治）

病院通いで、学校前までくると奴等が立つのでやっと坐れて、でもすぐ病院前で降りなきゃならない。乗り物で若いのが、まァ席を譲りませんねぇ、寝たふりしてやがる。

学校は何にも教えなくてもいいから、せめて席をパッと立つことだけでも教えてくれ。

尻子玉《しりこだま》抜かれて空《うつ》ろジベタリアン　（柏市・松田まさる）

当節の若いのはジベタに尻つけて何処《どこ》でも坐っちゃうのね。あれ、どういうの？　むかし、万年筆の「泣きバイ」があの形でした。彼等の魂抜けたような、ボケーッとした顔つきは何故なのかしら。時代がうつろだからかなァ。それともAVの見すぎか。

情報公開し過ぎる若い娘ども　（京都市・志賀うらら）

慎しみ喪失の露骨時代とはいいながら、まぁ若い娘がテレビなんかでもペラペラ恥しいことを洗いざらい喋るのね。「初体験はァ中三、カレシの部屋で……」言わせる奴がいるんだろうけど、言わなくていいのよ。娘は〝情報公開〟しないのが花。

［十月］

此の国の折り返し点は右回り　（習志野市・君成田良直）

戦後半世紀。やっぱり「折り返す」ことになったのかと思わせることが、この所、次々に。左回りも困るけど、右回りはまた戦争につながるのではないかと、むかし「総《そう》懺悔《ざんげ》」して、金輪際戦争だけはごめんだと思った「民草」としては、心配、心配。

魅力はときかれ床《とこ》上手ともいえず　（広島市・樫山昭章《てるあき》）

「どこが魅力でこの女性と一緒になったのか」と、聞いた人はいぶかるフシがあったのでしょうが、いいえ、すばらしい嫁なんです。でも、その魅力を説明するのは……ちょっと、ねえ。ナイトセンス、アンド、テクニック、ベリグッドなんですけど。

塾の子に軒の雀の幸せよ　（倉敷市・萩原全三）

毎日遊ぶ間もない塾通いの子供たちに、軒の雀と同じように、のびのび遊ぶ幸せを与えてやりたい。塾帰りの途中の束の間に、家では叱られるから、歩きながらマンガを読んでる子がいました。カワイソウ。抱きしめてやりたい。君は悪くはないのだよ。

［十一月］

試食品美味《おい》しい顔をして離れ　（東京都・南川光男）

デパートやスーパーなどの食品売場の試食品。あれは誘い水ですが、はじめから誘われない気、買うつもり全くなしでつまみました。でもやはりタダ食いはちょっと気がひけて、せめて、旨そうな顔をしてあげました。ほんのお礼のつもりです、ホホホ。

立ち読みの本のありかを訊く度胸　（町田市・須山晶子）

これもテンから買う気のない客です。立ち読みで済まそうと決めてかかっている本を、書店の棚で見つけられず、店員さんをわずらわして手にしました。いい度胸だ。だけど、立ち読みしたあとの、逃げるタイミング、これも度胸が要るでしょうなァ。

そうですかお世辞言われて見る鏡　（高知県・大原図美絵）

「えっ？　そうですか？　そんな、キレイだなんてお世辞おっしゃって……ヤだわ」と答えましたが、後で、ほんとかしらと、そっと鏡を見た女心。ま、見たっていつもと同じなんですが……。今月はごく些細な、心の機微をとらえた佳句の一、二、三席。

［十二月］

満月やかの道長と二子山　（京都市・志賀うらら）

栄枯盛衰は世のならい。「望月の欠けたることもなし」と権勢を誇った藤原道長に、二子山部屋のいまの劣勢を合わせた趣向でして、まだ並べたい政党やら会社やらもありますな。でも二子山勢も、また栄えることがあればゴッツァンですが、どうかな。

立ち寄っただけの歌人の歌碑を建て　（静岡市・繁原幸子）

日本中に句碑や歌碑がふえてますが、観光政策、町おこしのためにオッ建てられたのも多くて、バイアグラじゃあるまいし建てりゃいいってものでも……。それがまた、たいした作でもなくて、だって変哲なんて人の句碑まで建ってるの、某所に。

よく見たら外人だった茶髪の娘《こ》　（東京都・清水益三）

茶髪流行りはコギャルだけでなく男のコも、いやオバンまで髪を茶に染める風潮で、外国人の真似をするとは……とお嘆きのお父さんも、もう見慣れてきちゃいましたね。この娘も茶髪かとよく見たら外人だったとは笑わせられましたが、諷刺も効きました。

世界・ニッポン

・坂本弁護士一家殺人事件
坂本一家全員がオウム真理教のメンバーに殺された事件。『赤城の子守唄』で知られる板割の浅太郎とは違って、幼い子供をも殺害している。
・和歌山毒入りカレー事件
前年七月発生。白蟻駆除に使う砒素を混入させたとされる。
・防衛庁背任事件
前年九月に東京地検特捜部によって摘発された、防衛庁を舞台にした装備品調達にかかわる背任事件。
・五輪招致買収事件
ソルトレークシティ五輪など開催権を得るための買収工作が表面化。三月、不正委員十人がＩＯＣを去った。

・広末涼子、早稲田入学

この年、「自己推薦」枠で入学。教育学部に入る。平成十五年、退学。

・石原慎太郎知事誕生

この年、四月十一日、東京都知事選挙に圧勝、当選。

・『五体不満足』売れる

前年十月に刊行された乙武洋匡《ひろただ》氏の著書はこの年半ばで、三百五十万部を記録した。

・泣きバイ

街頭騙し売りの一種。同情を買うようなウソの、不幸な事情を語りながら、安価な品を高価に売りつける。

・二子山部屋、地盤沈下

貴乃花、若乃花というふたりの横綱を擁して、大相撲人気を盛り上げてきたが、この年から暗雲が。ふたりの横綱の成績不振に加え、兄弟不仲が噂された。

平成十二（二〇〇〇）年

［一月］

図書館で一番人気はスポーツ紙　（足利市・小島正吉）

明けても暮れてもスポーツの時代。人々の話題もスポーツばかり。スポーツは娯楽の王様で、スポーツマンは芸能人。それを、「図書館で一番人気」と目をつけたところに、今日の、実《み》のある書物は読まれなくなった風潮への諷刺もききました。

皇太后介護認定いかがです　（東京都・太田昌幸）

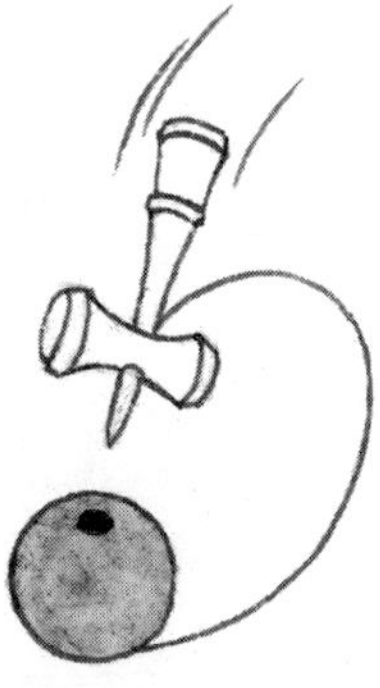

介護関連の句が多かったなかで、皇太后に思いを寄せる？　というバカな飛躍は川柳ならではのものですな。だけど、今の政治の無定見な飛躍にはあきれます。だから「介護など無用死なせてくれと言う」（加藤順一）なんてよみたくもなりましょう。

句帖手に馬鹿面下げてゆく吟行　（松原市・河野秀雄）

俳句人口の裾野はひろがるばかりだそうであっちこっちでもう遠足気分の吟行のご一行に出会います。川柳子としてはこんな八ツ当りの悪態もついてみたくなるじゃありませんか。但し、隣の頁（俳句投句欄）の方々のことを言ってるんじゃありません、念のため、へへ。

〔二月〕

リモコンを炬燵《こたつ》の妻の背に向ける　（福岡市・谷まさあき）

テレビは手許のリモコンで「この番組イヤダ」とチャンネルを変えたりします。炬燵に入っている妻の背に、ふとリモコンを向けてしまったのは「この女イヤダ」と、変えたい願望がそうさせたのでしょうか。……まさか、もう消したいというわけでは。

衆目に七難曝《さら》すガングロちゃん　（横浜市・藤田顕英）

色の白いは七難かくす――これ、キマリだったのですが、当節のガングロは堂々「七難曝す」。また七難ギャルに限ってガングロなのもフシギです。片や〝美白〟ってのも盛んで、白黒をはっきりさせるのが流行なんですかな。ノックさん、聞いてはる？

ネクタイが病を隠す娘《こ》の佳《よ》き日　（鹿児島県・松本清展）

今日は娘の結婚式。病気で寝たり起きたりのお父さんも、今日ばかりは出席しなければ。久しぶりにネクタイを締め正装してみると、ちょっとシャンとして誰れからも病気とは気づかれず、無事新婦の父を果たし終えました。お父さん、お疲れさまァ。

［三月］

さて次は紀元は二千七百年　（静岡市・繁原幸子）

〽金鵄《きんし》輝く日本の……紀元は二千六百年。むかし歌わされまして「西暦はキリスト教のもの。わが神国日本は神武天皇即位から数える」と教えられました。あと四十年でその皇紀二千七百年。その頃にはまた皇紀に戻りそうな、国粋主義復活の気配も。

孫が来る度に頭が禿《は》げてゆく　（帯広市・吉森美信）

「孫は来てよし、帰ってよし」とはうまいこと言ったもので、可愛い孫も、のべつからまれると鬱陶《うっとう》しく、けっこう疲れます。帰るとホッとするのですが、気苦労で禿げも進みますワ。それに孫は、なけなしの毛を引っぱったりするのよ。

父かなし太田胃散の缶のこし　（筑紫野市・和田彰夫）

お父さんが亡くなりました。生前のままになっている遺された身辺の品々に目をやると、まだお父さんが生きてるよう。机の隅に太田胃散の缶もありました。胃の具合がずっと悪かったのです。でも、こぼしもせずに一所懸命働いていたお父さん。合掌。

［四月］

後代のツケ背負わされ精子行く　（千葉県・麻生　弘）

「財政赤字って後の世代にみんなシワヨセされるんだろ。そんな次の世の中になんぞ生まれたくないのに、アララ、また始まっちゃって、アーア出ちまったよ。出たら進むしかないのが俺等のサガね。アッ命中だ。イヤダイヤダ」と精子クンなげく。

手話でする猥談指も楽しそう　（大阪市・佐野九州男）

なるほど、手話で猥談することもあるでしょうな。して下さい。でも手話だって当然ヒソヒソでクックックッでしょう。その時の手のさばき――やはり指先にも、ひそやかで微妙な楽しさが宿るんでしょうなぁ。この川柳、珍らしい着目。オドロイタ。

ちょいと訳があって携帯持てぬ僕　（尼崎市・福田平雄）

ケイタイの普及はあっという間。所がケイタイなんか持ってたら大変と警戒心の強いオトウサンは、ワケアリの方です。かかってきたら困るのよ。「あんた、何してるの、どこにいるの！」持たないに越したことありません。因みに選者も持ってません。

［五月］

平成の鼠小僧は江戸奉行　（横浜市・竹中正幸）

江戸で鼠小僧は金持ちから金を盗んで貧乏人に与えたといいます。これを義賊という。いま大銀行から金を吸い上げようとしているのは、義知事というべきでしょう。でもこの鼠小僧、競馬じゃないけど右廻りが得意ですから、選者などは要注意と▲《クロサンカク》かな。

年寄りのグチに軍国主義が出る　（川崎市・正木　長）

「徴兵制度を復活させて、あいつら軍隊へブチこめ！」……年寄りのグチもハゲシイけれど、グチャグチャ時代の若いのは馬耳東風だ。でも、グチャグチャ時代のいい所は一点、平和。平和ボケからやがて新しい規律が生まれるまで、もう百年かなぁ。

携帯で出前を頼むホームレス（東京都・清水益三）

先日みかけたホームレスさんは鍋釜ととのえて夜具なんぞは三つ重ね。選者の布団より立派でした。戦後の焼跡で選者もホームレスでしたが、人間の生きぬいていく智慧がホームレス周辺にあって、感動することが多いのです。でも感動より家よこせか。

〔六月〕

手術後に磁石を傷に当ててみる（静岡市・繁原幸子）

「こうあっちこっちで医療ミスがあると聞いちゃ、あの医者も何だか信頼出来ないのよ。メスかなんか腹ン中に残してんじゃない？　ちょっと磁石を傷口に当ててみてよ」と、当てたら、ガチャ、痛ェーッ。やっぱりメス残っていた……って、本当かな。

挨拶《あいさつ》の距離まで下を向き歩く　（前原市・吉原吉夫）

あっ、あの人が来る、挨拶しなきゃ、と思いながらも、つい下を向いて相手に近づいてから、はじめて気がついたように挨拶となる。あの知らんぷりしている間のちょっとした緊張感。日常よくある瞬間をとらえた、こんな着眼の句もいただきましょう。

おまけです景品ですと抱き合わせ　（瀬戸市・芝田緑山人）

「……こんなすばらしいお品がなんと一万円と超特価。その上、今回お買上げの方に特別ご奉仕、行楽シーズンに欠かせないこのお品がついて、さらにもう一つ、こんな便利なこのお品も添えましまして……」そんなの要らねぇから、そのぶん安くしろよ。

［七月］

戦争はしないがなんにもしない国　（東京都・倉持　宏）

日本よ、お前「なんにもしない国」なんて言われて気の毒に。何かはしてるのになあ。でも、してないのと同じなのは、今は国是がないからよ。だけど何かやろうとすると前《ま》科《え》があるのでニラマレルのね。もうこのままノラリクラリいくか、日本よ。

こわいもの地震雷十七歳　（岡山県・延原令岱）

今月はやはり「十七歳」の句が多く「南無阿弥陀地震雷十七歳」（岡田話史）とか「少年は学成り難く切れやすく」（藤林正則）など出揃いましたなかで、単純明快な右の句を代表に頂きました。それはそうと「地震雷火事親爺」の親爺は消えましたな。

目配せに「なんだ」と大声出す亭主　（静岡市・繁原幸子）

「そんなこと言っちゃったら、また大事《おおごと》になるから、そっと目配せしてとめようとしてるのに『えッ、なんだ?』って大声で聞き返すから、わかっちゃうじゃないの、このバカオヤジ!」というようなオヤジが、そう、いるいる。あれ、わざともあるのね。

［八月］

遺伝子を伝えて逝けるありがたさ　（大阪市・佐野九州男）

「俺が逝っても俺の遺伝子は子供に残る。俺はあの子の中に生きてるよ。肉体は滅んでも霊魂は残るなんていうけど、ＤＮＡってのが霊魂なのかな。ま、ありがたいね、あの子は俺なんだ」と言ったら、側で女房が「私のＤＮＡも入ってるのよ」

改称は「早稲田大学詭《き》弁《べん》会」（北九州市・藤永三郎）

「森さんは神の国だ教育勅語だ国体だと、ナツカシイこと言っちゃ後で弁解するけど、あの詭弁は止めてさ、そういう本心なんだから、昔の日本にそっくり戻そう、教科書〈国体の本義〉も復活と、はっきり言っちゃったらどう？　早稲田雄弁会の恥だけどさ」

ケン玉が出て来て止る大掃除（西宮市・中田圭佑）

「オヤ、こんな所にケン玉！　折角買ってやったのに。俺等は夢中だったよなぁ。フリケンなんて百発百中だ。ホラ、ヨイショ、オヤ？　入らないねえ。そんなわけは……ヨイショ」「あなた！　早く掃除終らせてよ。もうあんたなんか、玉はダメなのよ」

【九月】

国防はセコムしてます日本国　（見附市・吉田繁夫）

いかにも成金趣味の邸宅の全景。「森」という表札のアップ。いまその家の北側の窓から侵入する泥棒。と見る間に、アメリカ人と覚しき警備員がかけつけて泥棒を逮捕。そこで長嶋監督が「セコムしてますか」と決めるCM。提供、大日本帝国。

握手ばかりしてなんにもまとまらぬ　（山口県・川端健一）

この道はいつも来る道
ああ　そうだよ
握手だけして帰る道だよ
あの国はいつもそうだよ
ああ　そうだよ
話合いは決まらないのよ

北原握手

ご飯よと呼べば最初に来る夫　（横浜市・竹中正幸）

「みんなご飯よォ」お母さんの声。子供たちはすぐ来ない。すぐ来たのはお父さんだ。このお父さんの今の立場、心境を推察すればする程ナミダです。もう家に居っぱなしの、食うことだけがシゴトのお父さんなの。これがまた、よく食うヌレオチバ。

［十月］

他人事《ひとごと》でなかったこんな齢になる　（瀬戸市・芝田緑山人）

作者九十一翁の至極素直で自然なご感懐。選者は二十も年下の若造ですが、お気持しみじみわかります。ヒネッテいない句もいいもんですね。選者も一句いってみますか――「他人事でなくてなりたいそんな齢」……ヒネッテルなぁ。

近くまで来たと立ち寄る友の意図　（北九州市・原　正昭）

「友の意図」は多分借金？　そこまで言わないところがこの句のミソですね。山口瞳作品の——正月の年始に、子連れであらわれた男が、どうも借金に来たらしいのだが、それを言い出せずに帰っていったという、もの悲しい短篇を、また、思い出しました。この方は以前にも同じような句を送ってきています。よほどお金がありそうな方なのか。

嚙まれつつシマウマが見た青い空　（春日井市・伊藤弘子）

ライオンがシマウマを追っかけてガブリ嚙みつく映像などを見ると、弱肉強食の自然界にドッキリです。仰向けになった断末魔のシマウマの、眼《まなこ》いっぱいに青い空……。それはそうと、日本がアメリカに嚙まれた断末魔の日も、真っ青な空でした。

［十一月］

万札は人に上下のあるを説き　（広島市・樫山昭章《てるあき》）

「天は人の上に人を造らず」は福沢諭吉先生の珠玉のお言葉。所が福沢一万円札は集まる所には集まり、来ない人にはまるで来ない。福沢さん、金は人の上に人を造るってこと？　と万札に向かい問いつめようとしたけれど、あいにく万札はなし。

旨いものコレステロールで出来ている　（相模原市・みわみつる）

お医者曰く「コレステロール値が高いな。鶏卵、鱈子《たらこ》、数の子、筋子、雲丹《うに》などの卵系、レバー、鳥モツ、いか、たこ、えびなど控えて下さい」タハッ、俺の好きな旨いものは全部コレステの塊か。じゃ先生、オンナも？「だめです。卵子持ってます」

アパートに母は来ました女いた　（横浜市・藤田顕英）

菊池章子、二葉百合子、ご両所のヒット曲を、ちょっと替え歌にして歌いましょう。
〽母は来ました　今日もまた
このアパートに　今日も来た
伜のことが心配で　もしや　もしやで
もしや　もしやで……女いた

［十二月］

いつまでも生きているのが今の親　（大府市・木下　昇）

「いつまでもあると思うな親と金」というのが、以前、叩き込まれた教えでしたが、当節は有難いことに親がまァ長生き。その長生きに、正直、困っている年寄りの子供達もなきにしもあらずで、介護は日本中の一大苦労です。トホホホ、有難いことに。

地の果てで生きているのかたまごっち　（東京都・井上㐂代司）

そうだ、忘れてましたタマゴッチ。もう三、四年前になりますか、流行りましたなァ。でもはかなくもアッという間に消えたタマゴッチ。〽何処にいるのかリル。地の果てにでも生きているのか。それとも何処かの墓地で眠っているか。……多磨《タマ》墓地《ボッチ》かな。

女房の尻を輪ゴムの的にする　（東京都・倉持　宏）

輪ゴムを指にかけてピストルよろしく飛ばす。あれ、女房の尻につい当てたくなるのは、的がでかくて命中し易いためか。それとも、かねてよりニクラシイと思ってるせいか。いや、愛妻へのごくマイルドなサディズムなのか。ま、どうでもいいけど。

・皇太后の病状悪し

数年前より介護を受けていた亡き昭和天皇の后、皇太后の病状重しと報じられた。この年、六月十六日に九十七歳で逝去。

・ガングロが流行

語源は「顔黒」。いわゆるコギャルと呼ばれる女子中高生が顔を真っ黒に、目の周りは白く、唇は薄い色の口紅をぬるという流行。

・銀行税

石原東京都知事がぶちあげた、銀行を対象にした外形標準課税。この年四月から施行された。しかし、東京地裁は平成十四（二〇〇二）年にこの都条例を違法とした。

・十七歳の事件

五月初旬に続け様に二件の事件が起こった。豊川市の主婦殺害と九州で起きた西鉄バスジャック事件の犯人が十七歳だった。

・森喜朗首相の問題発言

理念なく、政策なく、節操なく、失言ばかりといわれるこの人が四月五日首相に就任。五月には「日本は天皇中心の神の国」と発言、あきれられる。

・たまごっちブーム

ブームの頂点は平成九（一九九七）年。たまごっちの出荷総数は約四千万個。「かえってきた！たまごっちプラス」という新商品が平成十六（二〇〇四）年三月に発売された。

平成十三（二〇〇一）年

【一月】

さてどこが違うの二十一世紀　（横浜市・岡田話史）

「さあ21世紀だ」と言ってみたって、たんに去年の今年で、別に何も変るわけもないのに、マスコミをはじめ、この国の総理にしても、日本一優勝の監督にしても、やれ21世紀だ、ミレニアムだと口にするのネ。あの感覚ってのは、ちょっと……以下略。

スポーツがあって過せた辰の年　（習志野市・君成田良直）

昨年は、ヤワラちゃんだ、尚子ちゃんだ、中田だ、トルシエだ、大魔神だで一年が終ったみたいで、そのお蔭で過せましたよ。でもそれを、喜んでいるのか悲観しているのか。スポーツ〇〇《ナントカ》が増えて嘆いているのですよネ。あっ、ちがいましたか。

御三家がお前も歳と俺に言う　（鹿児島県・松本清展）

往年の御三家、橋、舟木、西郷の三人が久しぶりに組んでる姿を見て、みんなイイおやじになったなァと、つくづく感じたとたん、そうか、その分俺もオジンになったのだとわかりました。そうです。昔の中年御三家（野坂、永、小沢）も老年御三家です。

【二月】

平和ボケ続けて行こう新世紀　（横浜市・藤田顕英）

世の中、何から何までタルンでまして、あの戦中戦後のピリッとした緊張感はなし。だから逆説的な提言ともとれる句ですが、でも戦争だけはゴメンだ。平和ボケでも戦争よりはまだましだと思いましょうよ。だけど新世紀もボケはまだ進みそうだなァ。

曽野邸に集まりそうなホームレス　（相模原市・みわみつる）

フジモリさんが曽野綾子邸に入っていたとはオドロキで、一国の大統領もホームレスになっちゃった。いいお家におさまっているらしいので、それじゃ俺も引きうけてくれというホームレスさんが出てきますか。もっとも、大統領級でないとダメかな。

使い捨ての身の靴先を犬が嗅ぐ　（福岡県・福嶋　寛）

万事に使い捨ての時代。人間もです。せつないですなぁ。でも一所懸命働いて疲れて帰ってきた靴の先を犬がちょっと嗅ぎました。犬はお父さんの行く末を嗅ぎわけているのか。しかしお父さん、何か犬と通い合う様な気もして胸キュン、という無常観。

［三月］

千歳飴《ちとせあめ》持たせてやんな新成人　（柏市・松田まさる）

ひどいもんですな、成人式。ありゃ成人でも何でもありません、七五三なみ。千歳飴でも持たせてやれと作者はあきれました。いや、七五三以下かも。どうもテレビのバカ騒ぎの影響で、何やってもOKの風潮が日常にマンエンしているのでは？

景気回復もういいかいまあだだよ　（東京都・太田昌幸）

景気回復は多少でも進んでいるのか、いないのか。まさに「もういいかい、まあだだよ」で、景気は隠れんぼして出てこない。でも、因みに、「回復」って、あのバブルに戻ろうってこと？　つつましく経済小国で、という意見はあまり聞えてきませんね。

夫いぬ時姑とするワイ談　（京都市・志賀うらら）

嫁と姑の犬猿の仲は、いつの世にも変りませんな。でもなかには仲よしの嫁姑もいるのですね。所が亭主居ぬ間に、嫁と姑とでワイ談する程の仲とは、よほどの仲よしか、それともよほどコエテル？　二人なのか。ま、いがみ合いよりゃ、結構、結構。

［四月］

プーチンにだす座布団をゴミでだし　（東京都・小林句人）

「来る来るって、ちっとも来ねえね。約束の日を何度も引延ばすんだ。オレ、約束を破るってのが大嫌ぇなんだ。来るってぇから座布団のいいの用意して待ってたんだよ。来ねえなら、もう、あの座布団、捨てっちゃえ！　燃えるゴミだぞ！」

良く太り武富士へ向く雪だるま　（長野県・山村正三）

「サラ金地獄っていうけど借りる時は極楽でつい雪だるま式にふえちゃうの。雪だるま式って辞書にはね『雪だるまの玉を転がしていると段々大きくなる様にマイナス状態が次第にひどくなること』だって。富士をバックに雪だるま、いい景色だけどさ」

また聞いてる曲れと教えたあの角で　（川崎市・加藤太美治）

「俺、よおくわかる様に言ったんだよ。あのタバコ屋の角を左へ曲って、少し行ったらポストがあるから、そこを左へ曲ればすぐ右側だよって。なのに、またもうあの角で聞いてるよ。ボケてるって言っちゃわるいけど、……ウーン、ボケてるんだ」

［五月］

荒浪へ漕ぎ手を替えて泥の舟　（八王子市・小金井啓次）

怒濤逆まく大海原へ自民丸は漕ぎ手を替えて船出。以前、沈みかけて公明丸なんかに助けてもらったんだけど、もう漕ぎ手ぐらい替えてもねえ、もともと泥船だから。それに泥船が泥積んでたんだ。汚い、臭気プーンの、泥。ＫＳＤともいうけど。

片足を突っ込んでから皆ながい　（町田市・みわみつる）

「棺桶に片足を突っ込む」――辞書には「かなり年をとって余命いくばくもないこと」とありますが、当節、どちらのご老体も、片足突っ込んでからが長いのよ。中々もう片っぽの足を入れない。トホホ、メデタイ〳〵……誰れだ、ヤケになってるのは。

豪快な嚔《くしゃみ》で和《なご》む試験場　（仙台市・太田としひこ）

入学試験の試験場。水を打ったような静けさ。みんな心身硬直してます。その時、「ハァックション！」まぁバカでかいくしゃみで、思わずみんなどっと笑って、硬直がほぐれました。くしゃみの人のお手柄です。そいつ、合格させてやったらァ。

［六月］

川柳のネタの宝庫が退陣し　（四日市市・恩知邦衛）

当欄としては〝ネタの宝庫氏〟の大活躍に深く感謝いたします。これからは心おきなくゴルフをお楽しみ下さい。次の〝変人氏〟は、政界で変人といわれるならば、これは多分普通人で、ネタにはなりにくく、ツマンナイ……のかどうか。ま、お楽しみ。

日本海少し荒れててほめられる（新潟県・津原亜砂利）

「ワァー、日本海だァ。ドドドッと波が押寄せて、黒い海に白い波頭。あれが佐渡かァ、遠く曇って見えて、期待してたとおりの風景だ、いいなァ」と喜ぶ人が多いのはどうも、あの歌のせいじゃないかしら。

〽海は荒海、向こうは佐渡よ……。

若者の主な成分マヨネーズ（横浜市・岡田話史）

「近頃の若いの、なんかヒヨヒヨしてて、白っぽいのネ。心も白っぽい。あれ、マヨネーズの食いすぎだろ。『オイ、飯にマヨネーズかけるのはよせよ』って言ったら、『飯に醤油かけるのもよせよ』だって。そうか、じゃ俺の主成分は醤油か?!」

［七月］

あいつ等《ら》と呼んで呼ばれて官と民　（宇部市・久村耕二郎）

「官の連中は、腹ン中ではさ、民は衆愚で、あいつ等には〝由《よ》らしむべし〟だけでいいと思ってるのよ。民はね、官の野郎、あいつ等、陰でウマイ汁ばかり吸いやがってと思ってても、オトナシイの。そろそろやっつけようよ、なぁ純ちゃん、まきちゃん」

国会が吉本よりも面白い　（東京都・中村　篁）

「国会中継の視聴率８％近くか。相撲中継より国会中継延長しろって抗議が殺到したんだってね。だっておもしろいマンザイだもの。吉本もハダシだね。そのうち吉本に天下りさせたら、純・まきコンビでウレルよ。まず純のネクタイをまきが直すのか」

ニッポンが小さくなったスポーツ紙　（山口県・川端健一）

「このごろスポーツ紙の一面は、外国でのイチロー、新庄、また中田の記事ばかり。日本の松井も清原も頁めくって後の方。相撲なんか奥の奥。スケベ頁だけは相変らずだけど。ま、スポーツ紙って大衆迎合に徹していていてイイねえ。……バカになるけど」

［八月］

ベートーベン背広の下はヒットラー　（北九州市・藤永三郎）

「ベートーベンさんは変人？　いや、今までのよりは、よほど普通っぽく、政治家っぽくなくて、だからあの支持率。でも、ああいう人がヒットラーになるってこともあるの。お願い、『戦争放棄』だけは変えないでネ。靖国神社へ行ってもいいから」

そちらのも見せて下さい教科書を　（山口県・川端健一）

「日本は過去をどんどん水に流す国、ナンデモアリの国。そうでない国からすれば許せないってのよくわかります。だけどいっぺん先様の教科書読んでみたいな。それ、こっちの教科書に紹介して、子供に判断させる。子供はちゃんとわかりますよ」

ご提案女性お化粧専用車　（横浜市・岡田話史）

「車内の化粧は、見ててオモシロイけど、みっともないよね。お化粧なんて他人に見せるものじゃない。もっとも近頃の車内、クッツキ合ってのチューチューも見せてるから化粧ぐらいいと思ってるのかな。『ラブ専用車』『バカ専用車』ってのも作る？」

［九月］

この暑さどうにかしようよブッシュさん

（清水市・宮村達郎）

「この暑い夏も地球温暖化のせいだろ。だからと決めた京都議定書も、二酸化炭素一番出してるアメリカが降りるっての？　ブッシュ大統領は石油・ガス産業を背中にしょってるんだってネ。ヤダネッタラヤダネ。なんとかしてよ、ブッシュさんよォ」

閉じ込もる息子にゴハンとメール入れ

（静岡市・繁原幸子）

「うちの息子、部屋に閉じこもったままなの。入っていくと物凄く怒るし、仕方ないからメールでゴハンよって知らせてるんだけど、黙ってゴハン食べてすぐまた部屋へ戻っちゃう。せめてメールでゴチソウサマって送ってよ。ヤダネッタラヤダワヨネ」

ビール飲むために仕事をしてる夏

（寝屋川市・竹鼻通男）

「まァこの夏のクソ暑さ。ヤダネッタラ超ヤダネ。仕事なんかしてられねえよ。サ、仕事終ったらとにかくビールだ。冷たいのが喉を通ると極楽ね。この極楽のために一日仕事をしてる様なもんです。暑いおかげで、ヤダネッタラ……ビール旨いネ」

［十月］

痛みとは「欲しがりません勝つまでは」　（北九州市・藤永三郎）

いま、構造改革による「痛み」を我慢せよとオカミのお言葉。昔、「欲しがりません勝つまでは」で、結局民は悲痛なる我慢を強いられただけ。オカミはオカミの不明、失敗のシワヨセをいつも民に強いる。でも今となっては「熟慮」なしで断行だ。頼むよ。

あちこちで二度と再びこのような　（清水市・宮村達郎）

「もう二度と再びこのような事態の起こらぬよう……ここにお詫び申上げます」と頭を下げる風景、もう見あきました。謝り方も型が出来て、すぐ謝ってオワリにしてるようで。私ら子供の時によく言いました。「ゴメンですむなら交番いらない」

検死などされないように慎む身　（京都市・志賀うらら）

死因が不審だと検死があります。不審な死もいろいろですが、お父さんの気をつけねばならぬ一つは腹上死。フシギに腹上死は妻との間には起りません。別口とが極めて多いようで、後始末とそれを伏せるのもターイヘン。君子危うきに近寄らず、慎む。

［十一月］

外務省やめて良かった雅子様　（群馬県・斉藤俊夫）

思い出しました。あの方、外務省におつとめだったんですよね。いろんなことが次々に起こるもんで忘れてました。そうですね、辞めてよかったですね。でも、外務省の体質など、ご意見伺ってみたいですなぁ。だけどその時に宮内庁の体質があるのか。

非常口ありますと書く雑居ビル　（横浜市・岡田詰史）

釣り場に近づくとよく「エサあります」の札を見かけます。以前、某遊廓へ通じる道に「ゴムあります」と大きな札を見たことありました。今や、雑居ビルでは「非常口あります」としなきゃね。高層ビルに「テロあります」は、コワイなぁ。

兄嫁の兄に嫁いでややこしい　（新潟市・小林　悟）

ほんと、ややこしい。兄嫁の兄の嫁という関係を頭の中で辿るだけでもややこしい。その嫁いだ嫁は、今まで兄嫁をおねえさんと言っていたのが、今度はその兄嫁からおねえさんと呼ばれるのですか。お互い、おねえさんと呼ぶ間柄かな、ややこしい。

［十二月］

新入りを靖国神社待っている　（横浜市・岡田話史）

まぁオソロシイ。待たれちゃ困る。新入りの一人もないようにと、それこそ靖国神社に祈りましょうか。それとも、うちの近くのイスラムの教会に祈った方が効き目があるのか。それはそうと、来年もあの人、靖国参拝するのかな。……すると踏んだ。

髭国と無髭国との世界戦　（横浜市・竹中正幸）

あのかた達、みんな髭をはやしてますなあ。そのため、どの顔も同じに見えちゃう。あれ、無髭国に反撥しての自己主張かも。始まった世界戦はもう致し方ないとしても、無髭国は、根本的に、髭国を理解することを、これから時間をかけてやらなきゃ。

ケイタイを柩《ひつぎ》に入れる万が一　（岡山県・徳澤正人）

ちかごろは、お医者の判断も当てに出来ません。「ご臨終です」と言われて、〝死んだと思ったお富さん〟が、棺に入ってから生きかえるなんてこと、万が一あるかもしれません。そのためにはケイタイ入れておけば、「もしもし、俺、生きてるよ」

世界・ニッポン

・巨人日本一

前年、長嶋監督の率いる読売ジャイアンツは日本シリーズで勝ち、日本一に。

・フジモリ前大統領、曽野綾子邸に

前年十一月に、曽野綾子氏は、一時所在不明だった前ペルー大統領フジモリ氏が同氏の自宅に滞在していることを明らかにした。

・KSD汚職事件

中小企業経営者福祉事業団（ＫＳＤ・当時）が自民党の村上正邦元労相らに賄賂を渡して便宜を図って貰っていた事件。

・小泉純一郎首相、田中真紀子外相コンビ

この年、四月二十六日小泉首相誕生。外相に田中真紀子を登用し、内閣の二枚看板に。しかし、翌年田中外相は、外務省問題がこじれて更迭《こうてつ》。コンビは解消。

・イチロー、新庄、中田

すでに海外に躍進していたサッカーの中田英寿、大リーグの野茂英雄などに加え、イチロー、新庄剛志がこの年から大リーグに移籍。海外活躍組が目立つスポーツ紙の一面。読売ジャイアンツ松井秀喜がニューヨーク・ヤンキースに移るのは平成十五（二〇〇三）年。

・小泉首相、靖国参拝

この年、八月十三日に参拝し、中国・韓国などから抗議をうけるが、毎年終戦記念日を避けての参拝は続いている。

・京都議定書

平成九（一九九七）年十二月に国連気候変動枠組み条約第三回締約国会議京都

会議で採択されたもの。先進国全体で温室効果ガス排出量を削減してゆく数値目標を定めた。この年、アメリカ、ブッシュ政権は離脱。

・小泉首相「構造改革」路線

首相就任時に「痛みを伴う、聖域なき構造改革」を唱えた。郵政事業の民営化など七つの改革プログラム。

・外務省の不祥事

この年一月、業務上横領容疑で、外務省は松尾克俊・元要人外国訪問支援室長を告発、懲戒免職。このあと、次々に不祥事が発覚、外務省への非難が高まった。

・新宿の雑居ビル火災

この年九月一日、新宿歌舞伎町の風俗店で火災発生。四十四人が死亡。

・アフガン攻撃

イスラム国の政府要人は髭を蓄えているのが普通。この年九月十一日の同時多発テロへの報復として、アメリカはタリバン政権下のアフガニスタンを攻撃、十一月十三日にほぼ全土を制圧。しかし、テロの黒幕オサマ・ビンラディンの消息は不明。

平成十四（二〇〇二）年

［一月］

前文が立派でこんなに苦労する　（横浜市・竹中正幸）

憲法の「立派な前文」があるため、まぁ、こじつけ、やりくりの大苦労。「あの前文やめたらァ」の意見もありますが、やめるのもまた大サワギだ。いっそ「立派な前文」で居直る。諸国に「立派な前文」を見習え、という高飛車の手もあるのよ。

誘拐に気をつけなさい孝太郎　（東京都・目暮敬二）

ほんとだ。警護なんかされてないんでしょ。誘拐はたやすいのではないかしら。親は〝抵抗勢力〟より困るよ。身代金も高いだろうし政治的に利用されるかもしれないし。これ「熟慮」してる場合じゃないと、川柳欄から官邸にご注意申しあげましょう。

出来そうなことはするけど作らない　（横浜市・岡田話史）

少子化は困った問題ですね。世の中、スケベが充満して、「出来そうなこと」はやたらやってるのに、子供は「作らない」。なんとかしないと日本人居なくなっちゃうなぁ。カシコキアタリもお励みだったらしいから、タミクサも昔のように「作ろう」。

［二月］

核保有君は悪いが俺は良い　（京都市・伊藤俊春）

「おい、煙草なんか吸うな」「だってお父さんも吸ってるじゃないか」「お父さんの煙草は仕事上必要な一服だ。それでお前たちが暮らしていられるんだ」……このお父さんの理屈は成り立つでしょうか。因みにお父さんの名前は亜米野利加太郎さん。

アフガンに秀吉家康見当らず　（柏市・松田まさる）

麻の如く乱れた戦国時代も、やがて秀吉、そして家康が天下平定して、江戸三百年の安定をもたらしました。アフガンに秀吉、家康がいるのか、どうも見当らないらしい。目暮敬二さんにも同様の投句「タリバン以後の家康が見当らず」がありました。

無の境地説く師に謝礼どうしよう　（豊中市・水野黒兎）

人生すべからく無と説くムズカシイ先生に謝礼をしたいが、どうしよう？　ゲスな答え――お金または金券を、ねばり強い渡し方で差上げる。渋々受取られて内心オヨロコビなら、この川柳が成り立ちます。選者はそうなると見越してます。ゲスだから。

［三月］

炭小屋はまだかとブッシュ氏が怒鳴り　（横浜市・竹中正幸）

アフガン紛争は早いはなし仇討で、となれば忠臣蔵を思い浮かべます。しかし吉良《キンラディン》の炭小屋への抜け道はなかなかつかめない。大石ブッシュ之助はもういら立って、「まだ見つからぬのか！」と見得《みえ》を切って怒鳴りましたら、大向《おおむこ》うから「大統領！」

妻の愚痴ぶんせきすれば金が無い　（長野県・山村正三）

ああだこうだと毎日のようにカァチャンの愚痴。でもそれは結局のところ金欠から出てくる愚痴。それをもっと「ぶんせき」すれば、トウチャンの稼ぎへの不満でしょう。でもトウチャンはもう精一杯。これ以上は無理なのよ、「ぶんせき」しなくても。

預金名どうぞと嫁が申し出る　（仙台市・太田としひこ）

いよいよペイオフの実施。オトウサン、一千万をこえてる分の預金をどうしようかと思案中。そこへ伜の嫁が「私の名義を使って細工したらいいわ」と申し出てきたけれど、ウーン、でもそれ、いずれ取られるかも……と、即答出来ず、ウーン……。

［四月］

半年でハッパフミフミ厭《あ》きがくる　（横浜市・池末亮輔）

当り前ですよ。巨泉さん、何を間違えて議員になったのか。厭きも嫌気《いやけ》も当然です。

あそこは「ハッパフミフミ」とは別の世界。トクベツの神経がないと務まらない所。だいいち議員になって世の中を良くする？　フン。辞めてマル。立候補したのがバツ。

拾った縄の先に牛がいた　（横浜市・藤田顕英）

狂牛病さわぎも一段落……と、まだ安心はできないのか。ヤケになって牛を捨てたお父さんがいました。わかるなぁ。でも牛もカワイソウ。縄を拾ったら先に牛がいたとはオカシイけど、笑っちゃいけないや。現代社会、お父さんも動物もカワイソ。

陰口が好きで耳かき離さない　（秋田県・疋田吉郎）

ウン、こういう人います。耳かきってわりとお年寄がご愛用で、かきながら、他人《ひと》の陰口を言う、テレビに毒づく、世の中をあざ笑う……ヒマでもあるんですが。ま、お続け下さい。他人の悪口は、精神衛生――健康におよろしいとの説もあります。

［五月］

二代目も角福犬と猿の仲　（鹿児島県・松本清展）

むかし〝角福戦争〟。その二代目どうしもシックリいきませんなぁ。〝戦争〟は引きつがれて犬猿の仲。どっちが犬で猿なのか。角のDNAをうけて吠えるメス犬前外相。福のDNAでネチネチと猿智慧の官房長官。あの二人、もっと戦わせたかった。

鈴木でもイチローとムネオ大違い　（神戸市・松本憲治）

そうなんですよね。ムネオ、イチローで通っちゃってるけど、どっちも鈴木とはウッカリしてました。片や北方四島、片やアメリカ大陸を股にかけて、今や人気の差は大違い。よく喋るのと無口なのも大違い。尤《もっと》も、大金握ったのは似ているけれど……。

デパ地下で歩数を増やす万歩計　（札幌市・木宮節子）

「医者に歩けと言われて万歩計つけたけど、毎日一万歩って結構大変。散歩の道も決まってきて、あきてくる。その点、デパ地下は縁日みたいでオモシロイ。でも、買ったりはしない。旨そうな食品、ただ眺めてグルグル歩数を増やすだけよ」……カワイソ。

［六月］

鶏か卵が先かイ・パに見る　（春日井市・水野幸治）

「イ」はイスラエル「パ」はパレスチナ。インドとパキスタンというのもありますが、殺し合いだけは止めようといっても、昔々からのウラミツラミが重なっている「イ」と「パ」。その元は鶏が先か卵が先かわからない。「ア」が仲介してもわからない。

年金のふんわり泳ぐ鯉のぼり　（長野県・山村正三）

五月の青空にふんわり泳ぐ鯉のぼりですが、あれ、親が買ったんじゃないの。おじいさんおばあさんの出費。そう、年金からです。おじいさんおばあさん、とてもご満足ですが、年金が泳いでいるんですからね、そうは勢いがよくない。ふんわりです。

大相撲箒《ほうき》を知らぬ孫と見る　（仙台市・太田としひこ）

「爺《じい》、あれ何してるの」「箒で土俵の砂をキレイにならしてるの」「ホーキって？」「掃除の時、前はどの家でもあれを使ったんだ」「へぇ、うちにもあるといいね、お客さん来てる時立ててるの」「エッ、知ってるのか」……では、句意から離れました。

［七月］

永田町ならやらせたい自爆テロ　（町田市・みわみつる）

かつて自爆なら本家本元だったわが日本。でもあれ、真底懲りまして、自爆テロのよろしくないこと十分わかっておりますが、昨今の永田町の腐敗ぶりを見てますと、あそこへ一発ドーンとやってくれたら……なんて、つい、思ってしまいますよ、つい。

川柳もそのうち問わる規制法　（福岡市・谷まさあき）

手と足をもいだ丸太にしてかへし　鶴彬《つるあきら》。反戦反権力の川柳作家鶴彬（一九〇九―一九三八）は、治安維持法のもと、東京野方署に検挙されたまま釈放される日はありませんでした。いままた、似たような有事関連三法案。いつかきた道、コワイなあ。

ゴミ分別覚えただけの定年後　（草津市・久保穂子）

「お父さん、今日は燃えないゴミの日よ」「ハイハイ」――今やお父さんはゴミを捨てるのがお役目。あれも曜日によっての分別が判るまでには一苦労でしたが、もうちゃんと覚えました。でも、覚えただけの定年後かよ！　クソ、俺もゴミか?!

［八月］

一旦《いったん》緩急あればのことか有事法　（清水市・宮村達郎）

昔、叩き込まれました、「朕惟《ちんおも》フニ……」を。「一旦緩急アレハ義勇公ニ奉シ以《もっ》テ天壌無窮ノ皇運ヲ扶翼《ふよく》スヘシ」。だけど、戦争に負けて、あの時「一億総懺悔《そうざんげ》」したじゃないですか。ボケてもこれだけは忘れない。喉元《のどもと》過ぎれば熱さを忘れて有事法だ。

いつかパレスチナ　イスラエル共催で　（春日井市・伊藤弘子）

そう、パレスチナ、イスラエル共催で、ワールドカップ開催なんてことになったらいいですね、いつか。……まぁ「いつか」でしょうけれど。日本と韓国も、W杯共催ですこし……すこし仲良くなりましたな。仲よきことは佳《よ》きことなり。

同じこと考えてるなド助平　（宇部市・久村耕二郎）

前を歩いている女性。ばかにピッチリのGパンのお尻がプクッとそそる。一緒に歩いている自民党幹事長に風貌《ふうぼう》そっくりのA君は、何食わぬ顔をしているが、俺と同じこと考えてるに違いないの、ド助平！　と、でもこれ、ちょいとウレシイ共感。

［九月］

クロネコがひも付き餌《えさ》に食いつかず　（習志野市・君成田良直）

郵政事業の民営化という餌に、いちばんお目当てのクロネコがすぐ食いついてくると踏んでたら大誤算。ヒモツキの餌はうまくないということです。ネコも口がおごっていてキャットフードもいろいろ出てます。やっぱり餌をおいしくしなけりゃ。

外務とは外れた務めと読むそうな　（日立市・神山　清）

ムネオセンセイはエライ。腐った外務省に目をつけた。腐ってる所はユサブリ易い。日本大使館の庭になんでプールが必要なの?!「務めを外れて」腐り果ててますよ。ODAってのも「オかねの、デかたが、アやしい」の略ではないか、なんてネ。

松毬《まつぼっくり》をちょと蹴《け》ってみる小野気分　（福岡市・谷まさあき）

道にころがっていた松ぼっくりでも、ちょいと蹴って小野選手気分になってみる程のサッカー人気。ケッコーですが、でも、先だっての日の丸振ってのW杯さわぎに、年寄りは、ふと昔の〝一億火の玉〟を想い出して、なんだかウソ寒くもありました。

［十月］

金バッジから蔓《つる》が伸び銭の花　（日立市・神山　清）

政治家の金がらみの腐敗、金権政治批判の句は、毎度いっぱい応募を頂きますが、新聞の見出しのようなナマなもの、誰れもが言っている視点、そんな句が多い中で、この句は表現が凝っていました。川柳も文芸。コトバの綾が諷刺をつよめています。

おじさんはオムツ換えたというセクハラ　（静岡市・繁原幸子）

「お前さんがこんな小さい時、あんたの家で俺はよく、あんたのオムツ換えてやったんだよ」という台詞《せりふ》、よく聞きますが、それがセクハラとなるもならないも、そのおじさんの人柄によるのでしょう。ふだん、スケベっぽいおじさんだと、セクハラ。

これでもう二度とは乗らぬ霊柩車　（長野県・山村正三）

やっとオダブツになりましたね。これでもう西の方へ行ったっきり。一生に一度のドライブです、静かに霊柩車の乗り心地を味わって下さい。ホラ、後の方で、みんな手を合わせて見送ってます。いろいろありましたが、長い人生、ご苦労さまでした。

［十一月］

国交に必要らしい人柱　（町田市・みわみつる）

人柱——昔、橋、城、土手などの難工事に完成のためのいけにえとして、生きた人間を水や土の中に埋めたこと。と辞書にありますが、21世紀にもムゴイ話が出てきてまだ真相は闇の中。国交と人命とどっちが大事か。どっちも大切で収まるのでしょうか。

今だって越後屋さんと御代官　（大府市・木下　昇）

時代劇によくありますなぁ、悪徳商人と悪代官が組んで私腹をこやし、ワリをくうのはいつも下々の者。よく黄門さまがそれを裁いたりもするけど、当節は、黄門さまも上前はねてるんじゃないか……〽金だ金だよ金金金だ……添田唖蟬坊《あぜんぼう》の「金々節」。

使い道一つ減ったが泌尿器科　（秋田市・田村常三郎）

「今はただ小便だけの道具かな」――かつて誰れが言ったか、ズバリの名句です。ズバリすぎてちょいとお品がない。いま、お上品に新作が出来ました。前立腺ガンなど命が危い。オスケベの使い道はもうあきらめて、泌尿器科の先生、よろしく！

［十二月］

去年今年《こぞことし》貫く棒はへの字なり　（横浜市・岡田話史）

ご存知高浜虚子の名句「去年今年貫く棒の如きもの」の、ケッコウなもじりです。まったく世の中、政治家も役人も商人も、金にからんだ曲ったことだらけ。去年今年を貫く、棒は棒でもへの字に曲った棒。しかも悪銭食べてるへで、クサイ、クサイ。

連れ去っておいて招待所とはいかに　（春日井市・伊藤弘子）

工作員とかいう人さらいが、さらっていって住まわせた所を招待所というらしいですね。招待ってのは客を招いてもてなすことでしょう。海岸で二発ブンなぐって袋につめて運んで、何が招待なのか。招待所のしょうたい、ほんとにわかりませんねえ。

禁煙を勧めてナース隠れ喫《の》む　（札幌市・大塚卓男）

煙草はいけませんと言ったナースさん。アレ？　なんだいテメエは隠れて煙草吸ってるじゃねえか。仕事は仕事で自分は別か。でもナース姿で隠れて煙草吸ってる、そのちょいとグレてる姿は、フフ、色っぽい……と、そこまでこの句は言ってませんが。

世界・ニッポン

・小泉総理ジュニア、孝太郎

前年、サントリー新発泡酒「ダイエット〈生〉」でデビュー。この年、一月俳優としてドラマにデビュー。

・アフガン平定後

タリバン政権は崩壊したが、さまざまな武装勢力が全土を分割支配。強力な後継者が不在。前年の暮れに、米国と国連のお膳立てによる政権協定についての合意が成立した。

・ビンラディンの行方

アフガン、タリバン政権崩壊後も行方不明。生死も不明だが、その後、本人登場のビデオが……。

・ペイオフ、実施

預金の払い戻し保証額を元本一千万円とその利息までとする措置。この年十月、翌年に予定されていた全面解禁を、二年間延長した。

・大橋巨泉、議員辞職

前年七月、民主党比例区から出てトップ当選を果たしたが、この年一月二十九日、わずか半年で議員辞職。

・田中外相と福田官房長官の不仲

ご両所の父親、田中角栄と福田赳夫も犬猿の仲を噂された。前年、田中真紀子が外相に就任してから、外務省の機密費疑惑問題で、福田康夫長官との対決の可能性がとりざたされた。

・鈴木宗男

この年、田中外相更迭に際しても、この方の外務省への影響力が語られてきた。

そして、数々の疑惑が浮かび上がってきて、四月に公設第一秘書が逮捕。六月十九日、製材会社「やまりん」からの五百万円あっせん収賄容疑で逮捕される。

・有事法制

有事法制とは、①自衛隊の有事における対応に関する法制②日米安全保障条約に伴う米軍の行動に関する法制③国民の保護を目的とする法制の三つに分類できる。有事とは？　簡単にいえば戦争のこと。翌年国会で有事三法が可決成立。

・北朝鮮拉致《らち》人質事件

この年、九月十七日、日朝首脳会談。日本人拉致被害者の五人の生存が確認された。十月十五日、生存が伝えられた五人が二十四年振りに帰国。

・北朝鮮「招待所」

日本人拉致被害者が当座収容されていた施設。国内に何ヶ所かあるらしい。刑務所ではなく、充分な食事も与えられたという。強制招待所というべきか。

本書に収録させていただいた川柳の作者の方々には編集部から連絡をさしあげましたが、未着の場合は、お手数ですがご一報ください。

（新潮新書編集部）

小沢昭一　1929（昭和４）年、東京生まれ。早稲田大学仏文科、俳優座養成所卒業。民衆芸能関連の著作のほか、『むかし噺うきよ噺』など作品は多い。明治村村長。劇団「しゃぼん玉座」を主宰。

Ⓢ新潮新書

065

川柳《せんりゅう》うきよ鏡《かがみ》

著者　小沢昭一《おざわしよういち》

2004年４月15日　発行
2004年５月30日　３刷

発行者　佐藤隆信
発行所　株式会社新潮社
〒162-8711　東京都新宿区矢来町71番地
編集部(03)3266-5430　読者係(03)3266-5111
http://www.shinchosha.co.jp

印刷所　錦明印刷株式会社
製本所　錦明印刷株式会社
©Shoichi Ozawa 2004,Printed in Japan

乱丁・落丁本は、ご面倒ですが
小社読者係宛お送りください。
送料小社負担にてお取替えいたします。

ISBN4-10-610065-7　C0292

価格はカバーに表示してあります。

Ⓢ新潮新書

002
漂流記の魅力
吉村昭

海と人間の苛烈なドラマ、「若宮丸」の漂流記。難破遭難、ロシアでの辛苦の生活、日本人初めての世界一周……それは、まさに日本独自の海洋文学と言える。

039
現代老後の基礎知識
井脇祐人・水木楊

小寺清、２００５年２月定年。妻あり、ローンあり、再就職先なし。小寺の物語と易しい解説の組み合わせで、定年前後の諸問題に答える画期的な一冊。明快さ、空前絶後！

040
銀行員諸君！
江上剛・須田慎一郎

元銀行員にして『非情銀行』の作家に、『巨大銀行沈没』のジャーナリストが迫る——銀行の本来の役割とは？　銀行員の本当の仕事とは？全サラリーマン必読の書。

048
酒乱になる人、ならない人
眞先敏弘

日本人の六人に一人は「酒乱」て本当？「酒乱遺伝子」をもっていて「下戸遺伝子」がない人は「酒乱」になる宿命？「酒豪」も遺伝子のなせるワザ？　最新研究による驚愕の事実。

056
ふたりで泊まるほんものの宿
宮城谷昌光・聖枝

一晩、ただ気持ちよく過ごしたい——その願いを秘め、数多の旅館・ホテルに泊まってきた作家夫妻が選ぶ日本の宿。ガイドブックでは分からない、真の「もてなし」が見えてくる。